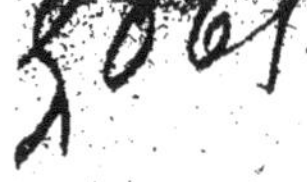

CATALOGUE

DE LA

BIBLIOTHÈQUE ORIENTALE

DE FEU

M. LE BARON MAC GUCKIN DE SLANE

MEMBRE DE L'INSTITUT

———

La vente aura lieu

Le mercredi 18 décembre et les deux jours suivants
à sept heures et demie du soir

Rue des Bons-Enfants, 28 (maison Silvestre)

SALLE N° 1, AU PREMIER ÉTAGE

Commissaire-Priseur Mᵉ E. FERON 5, rue Geoffroy-Marie, 5	*Libraire-Expert* M. ERNEST LEROUX 28, rue Bonaparte, 28

———

PARIS

ERNEST LEROUX ÉDITEUR

LIBRAIRE DE LA SOCIÉTÉ ASIATIQUE, DE L'ÉCOLE DES LANGUES ORIENTALES, ETC.

28, RUE BONAPARTE, 28

———

1878

CATALOGUE

DE LA

BIBLIOTHÈQUE ORIENTALE

DE FEU

M. LE BARON MAC GUCKIN DE SLANE

ORDRE DES VACATIONS

Première vacation. — *Mercredi* 18 *décembre* 1878.

Nos 1-169, 279-368.

Deuxième vacation. — *Jeudi* 19 *décembre*.

Nos 359-577.

Troisième vacation. — *Vendredi* 20 *décembre*.

Nos 378-706, 170-278, 707-708

Les lots seront vendus à la fin de cette vacation.

CONDITIONS DE LA VENTE

La vente se fait expressément au comptant.

Les acquéreurs payeront 5 % en sus des enchères, applicables aux frais.

Tous les articles sont garantis complets et en bon état, sauf indication contraire.

Les réclamations devront être faites au plus tard dans les vingt-quatre heures après la dernière vacation. Passé ce délai, les articles adjugés ne seront repris pour aucune cause.

Les articles au-dessous de *douze francs* ne seront repris que s'ils sont incomplets.

Il y aura exposition chaque jour de vente, de 2 à 4 heures.

---

*M. Ernest Leroux remplira les commissions des personnes
qui ne pourraient assister à la vente.*

CATALOGUE

DE LA

BIBLIOTHÈQUE ORIENTALE

DE FEU

M. LE BARON MAC GUCKIN DE SLANE

MEMBRE DE L'INSTITUT

———

La vente aura lieu

Le mercredi 18 décembre et les deux jours suivants
à sept heures et demie du soir

Rue des Bons-Enfants, 28 (maison Silvestre)

SALLE N° **1**, AU PREMIER ÉTAGE

Commissaire-Priseur	*Libraire-Expert*
Mᵉ E. FERON	M. ERNEST LEROUX
5, rue Geoffroy-Marie, 5	28, rue Bonaparte, 28

————∿∿∿————

PARIS

ERNEST LEROUX ÉDITEUR

LIBRAIRE DE LA SOCIÉTÉ ASIATIQUE, DE L'ÉCOLE DES LANGUES ORIENTALES, ETC.

28, RUE BONAPARTE, 28

—

1878

BIBLIOTHÈQUE

DE

M. LE BARON MAC GUCKIN DE SLANE

MEMBRE DE L'INSTITUT

RELIGIONS — PHILOSOPHIE

1. The Old and New Testament connected in the history of the Jews and neighbouring nations, by H. Prideaux. *Oxford*, 1820, 4 vol. in-8, cart., portrait et cartes.

2. La Sainte Bible en latin et en français, suivie d'un dictionnaire étymologique, géographique et archéologique. *Paris*, *Lefèvre*, 1828-1834, 14 vol. in-8, dont un de grav. d'après les tableaux de Dévéria. Cart. (Mouillures.)

3. Les livres prophétiques de la Sainte Bible, trad. en français sur les textes originaux par l'abbé H. Bodin. *Paris,* 1855, 2 vol. in-8, br.

4. Knobel (A.). Die Vœlkertafel der Genesis. *Giessen*, 1850, in-8, d.-bas.

5. Schwab (Moïse). Traité des Berakhoth, du Talmud de Jérusalem et du Talmud de Babylone, trad. en français, *Paris*, 1871, 2 vol. gr. in-8, br.

6. Schuhl (Moïse). Sentences et proverbes du Talmud et du Midrasch, suivis du traité d'Aboth. *Paris*, 1878, gr. in-8, br.

1

7. Quatuor Evangelia et Actus Apostolorum juxta Vulgatam, necnon versio Melitensis. *Londini*. 1829, in-8, perc.

8. Ligny (le P. de). Histoire de la vie de Jésus-Christ, édition ornée de grav. d'après les tableaux des plus grands maîtres. *Paris*, 1804, 2 vol. in-4, d.-bas., nombr. pl. gr.

9. Le Concile de Nicée et le Concile d'Alexandrie, étude historique (par M. E. Révillout). *Paris*, 1874, in-8, br.

10. The Catechism, or Christian doctrine by way of question and answer. Texte irlandais en caractères originaux et texte anglais en regard. *Paris, 1742,* in-8, v.

11. Sainte-Croix (Baron de). Recherches historiques et critiques sur les mystères du paganisme. Seconde édition, revue et corrigée par Silv. de Sacy. *Paris*, 1817, 2 vol. in-8, d. bas., pl.

---

12. Cousin (V.). Manuel de l'histoire de la philosophie de Tennemann. *Paris*, 1829, 2 vol. in-8. d.-bas.

13. Cousin (V.). Histoire générale de la philosophie. *Paris*, 1864, in-8, d.-chagr. noir.

14. Moralistes anciens : Socrate, Marc Aurèle, Epictète, Cébès, Pythagore, etc., traduits du grec. *Paris, Lefèvre*, 1840, gr. in-8, cart., n. rogné.

15. Lucii Apuleji Madaurensis platonici philosophi opera ad optimas editiones collata studiis societatis Bipontinæ. *Biponti*, 1788, 2 vol. in-8, bas.

16. Jourdain (A.). Recherches critiques sur l'âge et l'origine des traductions latines d'Aristote. *Paris*, 1843, in-8, d. toile.

17. Hauréau (B.). De la philosophie scolastique. *Paris*, 1850, 2 vol. in-8, d.-bas.

18. Bénard (Ch.). Précis de philosophie. *Paris,* 1857, in-8, d. bas.

DROIT — ÉCONOMIE POLITIQUE — LÉGISLATION

19. Rabbinowiez (Dr I. J.). Législation criminelle du Talmud. Organisation de la magistrature rabbinique, etc. *Paris,* 1876, in-8, br.

20. Lenormant (Fr.). Essai sur l'organisation politique et économique de la monnaie dans l'antiquité. *Paris,* 1863, in-8, br.

21. Blackstone (Sir Wm). Commentaries on the laws of England. Nouvelle édition, *London,* 1811, 4 forts vol. in-8, v. (Exempl. interfolié.)

22. Malthus (T. R.). Principles of political economy. *London,* 1820, in-8, cart. — An essay on the principle of population and on human happiness. *London,* 1817, 3 vol. in-8, cart. Ens. 4 vol.

23. Smith (Adam). An inquiry into the nature and causes of her wealth of nations, with notes, etc., by Buchanan. *Edinburgh,* 1817, 4 vol. in-8, cart.

24. Franklin (Benjamin). Complete works in philosophy, politics and morals, with memoirs of his early life. *London,* s. d., 3 vol. in-8, cart.

SCIENCES ET ARTS

SCIENCES EN ORIENT

25. Lenormant (Fr.). Essai sur un ancien document mathématique chaldéen et sur le système des poids et mesures de Babylone. *Paris,* 1868, in-8, lithogr., d.-rel.

26. Lenormant (Fr.). Essai de commentaire des fragments cos-

mogoniques de Bérose, d'après les textes cunéiformes. *Paris*, 1871, in-8, formant 7 livraisons.

27. Wœpcke (F.). Sur l'introduction de l'arithmétique indienne en Occident et sur deux documents importants publiés par le Pr. Boncompagni. *Rome*, 1859, in-4, br.

28. Biot. Etudes sur l'astronomie indienne. *Paris*. 1859, in-4, br., pl.

SCIENCES ASTRONOMIQUES

29. Laplace (P. S.). Traité de mécanique céleste. *Paris*, 1799-1805, 4 vol. in-4, v.

30. Laplace (le comte). Exposition du système du monde. *Paris*, 1813, in-4, d.-rel., portrait. Mouillures.

31. Newton (Isaac). Philosophiæ naturalis principia mathematica, perpet. commentar. illustrata. *Glasguæ*, 1822, 4 vol. gr. in-8, cart., fig.

32. Delambre. Histoire de l'astronomie ancienne, du moyen âge et moderne. *Paris*, 1817-1821, 5 vol. in-4, d.-bas., pl.

33. Delambre. Astronomie théorique et pratique. *Paris*, 1814, 3 vol. in-4, d.-bas., fig. (Une déchirure à la marge des premiers feuillets du second volume.)

34. Schubert (Fr. Th.). Traité d'astronomie théorique, *Saint-Pétersbourg*. 1822, 3 vol. in-4, d.-bas., pl.

SCIENCES NATURELLES

35. C. Plinii Secundi naturalis Historiæ libri XXXVII. Edid. Ludovicus Janus. *Lipsiæ*, 1854-65, 6 vol. in-12, d.-toile.

36. Buffon. Œuvres complètes, mises en ordre par A. Richard, suivies du complément de Cuvier. *Paris*, 1827-28, 34 vol. in-8, pl. gr. en coul., portrait, d.-v. vert, tr. sup. dor.

37. Bingley (W.). Animal biography, or popular Zoology, comprising authentic anecdotes of the animal creation. *London*, 1813, 3 vol. in-8, cart.

38. Chenu (le Dr). Encyclopédie d'histoire naturelle. Quadrumanes, carnassiers, rongeurs et pachydermes, oiseaux, coléoptères, papillons et botanique. *Paris,* 1851-56, 15 vol. in-4, br., nombr. fig.

39. An introduction to entomology, or Elements of the natural history of insects by W. Kirby and W. Spence. *London*, 1828, 4 vol. in-8, cart., planches noires et coloriées.

40. A system of mineralogy in which minerals are arranged according to the natural history method, by R. Jameson. *Edinburgh*, 1820, 3 vol. in-8, cart., planches.—Introduction to mineralogy, by R. Bakewell. *London*, 1819, in-8, cart., planches. Ens. 3 vol.

41. Buckland (Rev. W.). Geology and mineralogy considered with reference to natural theology. *Philadelphia*, 1841, 2 vol. in-8, perc., nombr. pl. gr.

SCIENCES DIVERSES

42. Petrequin (J. E.). Chirurgie d'Hippocrate. *Paris,* 1878, 2 vol. gr. in-8, br., non coupé,

43. Briau (Dr R.). Le service de santé militaire chez les Romains. *Paris*, 1866, in-8, br.

44. Briau (Dr R.). L'assistance médicale chez les Romains. *Paris,*1870, in-4, br.

45. Briau (Dr R.). L'archiatrie romaine, ou la médecine officielle dans l'empire romain. *Paris*, 1877, in-8, br.

46. Lagrange (G. L.). Mécanique analytique. Nouvelle édition. *Paris,* 1811-1814, 2 vol. in-4, d.-bas.

47. A system of mechanical philosophy, by J. Robison, with notes by D. Brewster. *Edinburgh*, 1822, 4 vol. in-8, cart., planches.

48. Brande (W. Th.). Manual of chemistry. *London*, 1821, 3 vol. in-8, cart., fig. et planches.

49. Ozanne. Marine militaire, ou recueil des différents vaisseaux qui servent à la guerre, suivis de manœuvres relatives au combat, à l'attaque et à la défense des ports. *S. l. n-d.* (vers 1760), album de plus de 50 pl. gr., in-8, v.

50. Recueil des fortifications, forts et ports de France, lavé au pinceau (contient 86 pl. teintées, et plus de 100 plans de villes), *Paris, s. d.*, in-4, cart.

51. Beckmann (J.). History of inventions and discoveries. Translated by W. Johnston. *London*, 1817, 4 vol. in-8, cart.

ARTS

52. Lajard (E.). Mémoire sur deux bas-reliefs mithriaques découverts en Transylvanie. *Paris,* 1840, in-4, br., pl. gr.

53. Costa de Macedo (J J. da). Memoria sobre os vasos murrhinos. *Lisboa*, 1842. in-4, br., pl. en coul.

54. Labarte (J.). Histoire des arts industriels au moyen âge et à l'époque de la Renaissance. Deuxième édit. *Paris*, 1872-75, 3 vol. gr. in-4, d.-mar. v, tr.-sup. dor., pl. en or et coul.

55. Didot (Ambroise-Firmin). Étude sur Jean Cousin, suivie de notices sur J. Leclerc et P. Woeiriot. *Paris*, 1872, in-8, br,

56. Stendhal (de). Vie de Rossini. *Paris,* 1824, 2 vol. in-8, d.-v., portr.

LINGUISTIQUE

LANGUES ORIENTALES

GÉNÉRALITÉS — MÉLANGES

57. Müller (Max). La science du langage, trad. par MM. G. Harris et G. Perrot. *Paris*, 1867, in-8, d.-toile.

58. Müller (Max). Nouvelles leçons sur la science du langage, trad. par G. Harris et G. Perrot. *Paris*, 1867-68, 2 vol. in-8, d.-toile.

59. Ballhorn (F.). Alphabete orientalischer und occidentalischer Sprachen. *Leipzig*, 1853, in-8, cart.

60. Bréal (Michel). Hercule et Cacus. *Paris*, 1863, in-8, br. — Progrès de la grammaire comparée. *Paris*, 1868, in-8, br. — De la méthode comparative appliquée à l'étude des langues. *Paris*, 1864, in-8, br. — De la forme et de la fonction des mots. *Paris*, 1866, in-8, br. Ensemble 4 broch. in-8.

61. Lenormant (Fr.). La légende de Sémiramis. *Paris*, 1872, in-4, br.

PHÉNICIEN

62. Arri (J. A.). De lingua Phænicum, ex monumentiis phæniciis nuper a Genesio editis. *Taurini*, 1838, in-4, br., pl. lith.

63. Gesenius (G.). Scripturæ linguæque phœniciæ monumenta quotquot supersunt : De litteris et inscriptionibus phœniciis. De numis et de lingua Phœnicum. *Lipsiæ*, 1847, in-4, d.-bas. 48 planches.

64. Judas (A. C.). Étude démonstrative de la langue phénicienne et de la langue libyque. *Paris*, 1847, in-4, 32 pl. lith., d.-toile. Mouillures.

65. Lenormant (F.). Introduction à un mémoire sur la propagation de l'alphabet phénicien dans l'ancien monde. *Paris*, 1866, in-8, d.-toile.

ASSYRIEN

66. Layard (A. H.). A popular account of discoveries at Nineveh. *London*, 1851, in-8, perc., pl. gr., fig.

67. Ménant (J.). Leçons d'épigraphie assyrienne. *Paris*, 1873, in-8, br.

68. Lenormant (Fr.). Étude sur quelques parties des syllabaires cunéiformes. *Paris*, 1877, in-8, br.

69. Lenormant (Fr.). Études accadiennes. Tome I, part. 1, 2 et 3. *Paris*, 1873, 3 fasc., in-4, br., lithr.

HÉBREU

70. Lee (S.). A grammar of the hebrew language. *London*, 1827, in-8, v.

71. Sarchi. Grammaire hébraïque raisonnée et comparée. *Paris*, 1828, in-8, br.

72. Glaire (J. B.). Principes de grammaire hébraïque. *Paris*, 1832, in-8, cart.

73. Preiswerk (S.). Grammaire hébraïque. *Genève*, 1864, in-8, d.-toile.

74. Frey (J. S.). A hebrew, latin and english dictionary, with copious vocabularies latin-hebrew, and english-hebrew. *London*, 1815, 2 vol. in-8, portrait, cart., non coupé.

75. Gesenius (G.). Lexicon manuale hebraicum et chaldaicum, in Veteris Testamenti libros. *Lipsiæ*, 1833, in-8, d.-v.

76. Gesenius. Thesaurus philologicus linguæ hebrææ et chaldææ Veteris Testamenti. *Lipsiæ*, 1835, 1840 et 1853, 3 vol. in-4, d.-mar. violet.

77. Beelen (J. Th.). Chrestomathia rabbinica et chaldaica. Vol. I. pars, I. Selecta rabbinica, et vol. II, pars I, notæ in Selecta rabbinica. *Lovanii*, 1841, 2 vol in-8, cart.

COPTE

78. Peyron (A.). Grammatica linguæ copticæ, accedunt additamenta ad lexicon copticum. *Taurini*, 1841, in-8, d.-toile.
79. Parthey (Dr G.). Vocabularium coptico-latinum et latino-copticum. *Berolini*, 1844, in-8, d.-bas.

80. Révillout (Eug.). Mémoire sur les Blemmyes, à propos d'une inscription copte trouvée à Dendur. *Paris*, 1874, in-4, chagr. rouge, dentelle dorée, tr. dor., dans un étui.

81. Révillout (E.). Apocryphes coptes du Nouveau Testament. Textes. *Paris,* 1876, in-4, br., lithogr.

82. Révillout (E.). Papyrus coptes. Actes et contrats des musées égyptiens de Boulaq et du Louvre. I : Textes et fac-simile. *Paris,* 1876, in-4, br., lithog.

83. Revillout (E). Vie et sentences de Secundus d'après divers manuscrits orientaux. *Paris*, 1873, in-8, chagr. brun, fil.. tranches dor., en un étui.

SANSCRIT

4. La reconnaissance de Sacountala, drame sanscrit et pracrit de Calidasa. Texte, trad. et notes par A. L. Chézy. *Paris,* 1830, in-4, d.-v.

85. Rig Veda, trad. par Langlois. *Paris*, 1870, in-4, br., n.. coupé.

CHINOIS ET COCHINCHINOIS

86. Rémusat (Abel). Nouveaux mélanges asiatiques. *Paris,* 1829, 2 vol. in-8, br., pl. gr.

87. Rémusat (Abel). Éléments de la grammaire chinoise, ou

Principes généraux du Kou-wen et du Kouan-hoa, *Paris*, 1822, in-4, d.-v.

88. Kleczkowski (le comte). Cours graduel et complet de chinois parlé et écrit. Vol. I (seul paru). *Paris*, 1876, gr. in-8, br.

89. Poésie lyrique. Inde, Perse, Egypte, Assyrie et Chine. Chi-King, trad. par Pauthier, Vendidad, Sama Veda, etc. *Paris*, 1870, gr. in-8. br., non coupé.

90. Hervey Saint-Denys (d'). Poésies de l'époque des Thangs, trad. du chinois. *Paris*, 1862, in-8, br.

91. Hervey de Saint-Denys (d'). Le Li-sao, poëme du iiie siècle avant notre ère, texte, trad. et notes. *Paris*, 1870. in-8, d.-rel.

92. Hervey de Saint-Denys (d'). Ethnographie des peuples étrangers à la Chine, par Ma-Touan-lin, trad. du chinois. *Genève*, 1876, complet en 8 livraisons, in-4, br., dans un carton.

93. Polémiques sinologiques. — *Pauthier* |: Réponse à l'examen critique. — Vindiciæ sinicæ. — Supplément aux Vindiciæ sinicæ. *Paris*, 1842. — *Stan. Julien* : Exercices pratiques d'analyse, de syntaxe, etc. — Simple exposé d'un fait honorable, etc. *Paris*, 1842. Ensemble 5 vol. et broch. in-8.

94. Michels (A. des). Dialogues en langue cochinchinoise. *Paris*, 1869, in-8, br. — Huit contes en langue cochinchinoise, suivis d'exercices. *Paris*, 1869, in-8, br.

95. Dialogues cochinchinois, texte et trad. française, anglaise et latine par Ab. des Michels, *Paris*, 1871, in-8, br., non coupé.

96. Michels (Abel des). Chrestomathie cochinchinoise. 1er fasc. Texte, trad. et transcription. *Paris*, 1872, in-8, br.

97. Favre (l'abbé P.). Dictionnaire javanais-français. *Vienne*, 1870, in 8, br., non coupé.

98. Schœn (J. F.). Vocabulary of the Haussa language, with phrases, specimens of translations and the grammatical elements. *London*, 1843, in-8, cart.

99. Percy (Bishop). Northern antiquities, or an historical account of the manners, religion, language, etc. of the ancient Scandinavians (Danes, Swedes, Norwegians and Icelanders) ; translated from the French. *London*, 1847, pl. en coul., in-8, perc.

100. Ujfalvy (Ch. E.). Mélanges altaïques. *Paris*, 1874, in-8, br.

LANGUES OCCIDENTALES

LITTÉRATURES CLASSIQUES — GREC

101. Joannis Scapulæ Lexicon græco-latinum, cum indicibus græco et latino ; accedunt Lexicon etymologicum et glossarium contractum. Editio nova. *Londini*, 1820, gr. in-4, d.-chag. vert.

102. Classiques grecs avec traduction latine, publiés à Londres, par Priestley. 11 vol. in-8, cart.

Thucydidis. De bello Peloponnesiacco libri VIII. 4 vol. 1319. — Aristophanis comœdiæ, edid. R. F. Ph. Brunck, 5 vol. 1823. — D. Longini De sublimitate, 1820. — Sophoclis Tragœdiæ, ed. Brunck, 3 vol. 1819.

103. Classiques grecs imprimés à Oxford. 22 vol. in-8, cart.

Poetæ græci minores, edid. Th. Gaisford, 1811-20, 4 vol. — Homeri Ilias. edid. C. Heyne, 1821, 2 vol. — Polybii historiæ. edid. Joh. Schweighaeuser, cum lexico Polybiaquo. 1822-23. 5 vol. — Oratores attici ex recens. Imm. Bekkerl, 7 vol. — Pindarus, 1 vol. — Lexicon ionico-latinum, etc.

104. Autores græci, cum versione latina. *Paris, Didot*, 25 volumes gr. in-8 à 2 colonnes, brochés. (3 volumes ont les premières pages rongées.

105. Χρησμοι Σιβυλλιακοι, Oracula sibyllina, græce, cum latina
versione et notis C. Alexandre. *Paris*, 1869, in-8, br.

106. Æschyli tragœdiæ quæ supersunt, recensuit et commentario perpetuo illustr. Chr. God. Schütz. *Londini*, 1823,
3 vol. in-8, cart.

107. Gros (E.). Examen critique des plus célèbres écrivains de
la Grèce, par Denys d'Halicarnasse. Texte et trad. française.
Paris, 1826-1827, 3 vol. in-8, br.

LATIN

108. Forcellini (Ægidii) Totius latinitatis Lexicon, editum cura
J. Furlanetti. *Schneebergæ*, 1831-35, 4 vol. in-fol., d.-bas.

109. Quicherat (L.). Addenda lexicis latinis. *Paris*, 1862, in-8,
broch.

110. Horace. Œuvres complètes, trad. en français par Ch. Bat-
teux. Edidit. Achaintre. *Paris, Dalibon*, 1823, 3 vol. in-8,
demi-bas., coins, portr., tr. sup. dor.

111. Quintilien. De l'institution de l'orateur, trad. par l'abbé
Gedoyn. Nouv. édit., avec le texte latin. *Paris*, 1810, 6 vol.
in-8, bas.

112. Caii Suetonii Tranquilli opera, et in illa Commentarius
S. Pitisci, etc. *Leovardiæ*, 1715, 2 vol. in-4, v., nombr. pl. et
fig. gr.

113. Ammien Marcellin, Jornandès, Frontin, Végèce, Modestus,
avec la trad. en français, publ. par **M.** Nisard. *Paris*, 1849,
in-4 d.-chagr. noir.

LITTÉRATURE FRANÇAISE

114. Dictionnaire de l'Académie française. *Paris*, 1814, 2 vol.
in-4, v. (5e édit.).

115. Laveaux (J. Ch.). Nouveau dictionnaire de la langue française. Seconde édition. *Paris*, 1828, 2 vol, in-4, d.-bas.

116. Gautier (Léon). Les épopées françaises, étude sur les origines et l'histoire de la littérature nationale. *Paris*, 1865,
tomes I, II et III, 1ʳᵉ partie, les deux premiers, rel. d.-toile,
et le 3ᵉ br.; in-8.

116 *bis*. Le même ouvrage, seconde édition, vol. I. *Paris*,
1878, in-8, br.

117. Gautier (Léon). La chanson de Roland. *Tours, Mame*,
1871-72, 2 vol. in- 4, plus un supplément, d.-mar. rouge, tr.
sup. dor., carte.

118. Guessard (F.). Les anciens poëtes de la France; Macaire.
Paris, 1866, in-12, perc., pap. vergé.

119. Clerc (Ed.). Gérard de Roussillon, récit du ixᵉ siècle.
Paris, 1869, in-8, pl. lithogr., br.

120. Wailly (Natalis de). Récits d'un ménestrel de Reims au
xiiiᵉ siècle. *Paris,* 1876, in-8, br., pap. vergé.

121. Tarbé (P.). Recueil de poésies calvinistes (1550-1566).
Reims, 1866, in-8. br.

122. Montaigne (Michel de). Essais, avec les notes de tous les
commentateurs. Edition J. V. Le Clerc. *Paris*, Lefèvre, 1826,
5 vol. in-8, portr. gr., d.-rel. veau, coins, tr. sup. dor.

123. Classiques français. Collection L. S. Auger : Racine, 4 vol.
(1824); Bossuet, 3 vol. (1823); Fléchier, 1 vol.; Pascal, 2 vol.
(1823); Fénelon, 2 vol. (1824); La Fontaine, 2 vol.; Boufflers,
1 vol. Ensemble 15 vol. pet. in-18, d.-bas., portr. gr.

124. Molière. Œuvres complètes, avec notes de tous les commentateurs. Ed. L. Aimé-Martin. *Paris*, ¡Lefèvre, 1824-26,
8 vol. in-8, d.-mar. bleu, coins, tr. sup. dor., pl. gr.

125. Molière. Œuvres complètes. *Paris,* Hachette, 1857, 2 vol.
in-12, perc.

126. Œuvres complètes de Molière, revues sur les textes originaux, par Ad. Regnier. *Paris,* Imprimerie nationale, 1878,
5 vol. gr. in-8, exempl. neuf, non coupé.

127. Boileau. Œuvres, avec un nouveau commentaire de

M. Amar. *Paris*, Lefèvre, 1824, 4 vol. in-8, d.-bas., portr.,
tr. sup. dor.

128. Sévigné (Mme de). Lettres. Edit. Gault de Saint Germain.
Paris, 1823, 12 vol. in-8, d.-v. vert, portr.

129. Bossuet. Oraisons funèbres, suivies du sermon sur l'unité
de l'Église. *Paris,* 1825, in-8, d.-v., coins, portraits. — Histoire des variations des Églises protestantes.'*Paris*, 1844-45,
3 vol. in-12, d.-mar. violet.

130. Pascal (Blaise). Lettres provinciales et Pensées. *Paris*,
Lefèvre, 1819, 2 vol. in-8, portr. gr., d.-v.

131. La Bruyère. Les caractères, suivis des caractères de
Théophraste, trad. du grec. *Paris, Lefèvre*, 1818, 2 vol in-8,
port. gr., d.-v.

132. Montesquieu. Œuvres, édition Destutt de Tracy, Ville-
main et Walkenaer, *Paris, Dalibon*, 1826, 8 vol. in-8, d.-bas,
coins, portraits, tr. sup. dor.

133. Nisard (Ch.). Correspondance inédite du comte de Caylus
avec le P. Paciandi, théatin (1757-1765). *Paris,* 1877, 2 vol.
in-8, br., pl.

134. Le Sage. Histoire de Gil Blas de Santillane. Édit. de Cha-
teauneuf. *Paris,* 1820. 3 vol. in-8, d.-bas., pl. gr.

135. Kœhler (Reinhold). Contes populaires recueillis en Agenais par J. F. Bladé; trad. française et texte agenais *Paris*,
1874, in-8, br.

136. Belloguet (Roget de). Mélanges de littérature, prose et
vers. *Paris,* 1873, in-8, br.

137. Béranger (P. J. de). Chansons. *Paris,* 1828, 2 vol. in-8,
nombr. vignettes sur Chine, bas., fil., tr. dor.

LITTÉRATURE ALLEMANDE

138. Schwan (Ch. Fr.). Nouveau dictionnaire des langues
française et allemande; comprenant Dict. français-allemand,

4 vol. Dict. allemand-français, 3 vol., Supplément, 1 vol. *Manheim*, 1782-1798, ensemble, 8 vol. in-4, veau.

139. Eichhoff (F. G.). Tableau de la littérature du Nord au moyen âge en Allemagne et en Angleterre, en Scandinavie et en Slavonie. *Paris*, 1853, in-8, d.-toile.

140. Goethe's neue Schriften, *Berlin*, 1800, 7 vol. in-12, d.-bas.

141. Goethe's Werke. Vollstaendige Ausgabe letzter Hand. *Stuttgart*, 1827-1830, 40 vol. in-8, d.-v., tr. sup. dor.

142. Bossert (A.). Goethe et Schiller. *Paris,* 1873, in-8, br.

LITTÉRATURE ANGLAISE

143. Johnson (Samuel). A dictionary of the English language, together with a history of the language and an English grammar. *London*, 1818, 4 vol in-4, rel. v., filets, port. gr. (Bel exemplaire.)

144. Webster (Noah). A dictionary of the English language; édition Barker. *London*, 1832, 2 vol. in-4, d.-bas.

145. Boyer (A.). Chambaud, Garnier et des Carrières. Dictionnaire français-anglais et anglais-français; édit. Fain. *Paris*, 1817, 2 vol. in-4, d.-bas.

146. Percy (Thomas). Reliques of ancient English poetry. *London*, 1839, in-8, deux col., perc.

147. Chaucer. The Canterbury tales, with a glossary, etc, by T. Tyrwhitt. *London*, 1822, 5 vol. in-8, port. gr., d.-toile.

148. Mr. William Shakespeares comedies, histories and tragedies, published according to the true originall copies. *London, printed by Isaac Iaggard and Ed. Blount*, 1623, in-folio, veau, port.

Réimpression typographique en fac-simile de la fameuse édition de Shakespeare de 1623. Cette réimpression, faite par E. et J. Wright, St-John's Square à Londres, date probablement de 1808.

149. Milton Le Paradis perdu, en anglais et en français,

orné de douze estampes en coul, d'après les tableaux de Shall. *Paris,* 1792, 2 vol. in-fol., d.-bas.

150. Thomson (James). The seasons, édition Morison ornée de gravures et précédée de l'Essai critique de R. Heron. *Perth,* 1793, in-4, v., pl. gr.

151. The poems of Allan Ramsay. *London,* 1800, 2 vol. in cart., portr.

152. Spenser (Edm.). Poetical works. Edition J. Aikin. *London,* 1802, 6 vol. in-8, pl. gr., portrait, v.

153. The ancient British drama. *London,* 1810, 3 vol. — The modern British drama. *London,* 1811, 5 vol. Ensemble 8 vol. in-8, à 2 col. v. et bas.

154, Hugh Blair. Lectures on rhetoric and belles-lettres. *Edinburgh,* 1811, 3 vol. in-8, cart. portr.

155. Elements of criticism, by H. Home of Kames. *Edinburgh,* 1817, 2 vol. in-8, cart. — Anecdotes, observations of books and men, by J. Spence. *London.* 1820, in-8, cart. portr. Ens. 3 vol.

156. Gibbon (Edw.). Miscellaneous works, with memoirs of his life and writings by J. Lord Sheffield. *London,* 1814. 5 vol. in-8, portrait, d.-toile.

157. Robertson (Wm.). Works, with an account of his life and writings by the R. Rev. G. Gleig. *Edinburgh,* 1822, 12 vol. in-8, cart., pl. gr.

158. Playfair (John). Works, with a memoir of the author. *Edinburgh,* 1822, 4 vol. in-8, cart.

159. Campbell (Th.). Specimens of the British poets. with biographical and critical notes. *London,* 1819, 7 vol. in-12, d. mar. vert.

160. Boswell (J.). The life of Samuel Johnson. *London,* 1816, 4 vol. in-8, pl. gr., cart.

161. Burns (Rob.). Works, with account of life, criticism on writings, etc., by J. Currie. *Edinburgh,* 1819, 4 vol. in-8, cart., pl. gr.

162. Pope [(Alexander). Works, with notes and illustrations by J. Warton. *London*, 1822, 9 vol. in-8, portrait, d.-toile.

163. Hazlitt (Wm.). Select poets of Great Britain, with critical notices, etc. *London*, 1825, in-8, v. fil., pl. gr., tr. dor.

164. Byron (Lord). Don Juan. *London*, 1819-24, 6 vol. in-8. — Childe Harold's Pilgrimage. *London*, 1815-18, 2 vol. — Doge of Venice and the Prophecy of Dante. *London*, 1821; ensemble 9 vol. in-8, cart.

165. The living poets of England, with critical notices, etc. *Paris*, 1827, 2 vol. in-8, cart.

166. Coleridge, Shelley and Keats. Poetical works. *Paris*, 1829, in-8, cart., à 2 col.

167. Massinger and Ford. Dramatic works, with an introduction by Hartley Coleridge. *London*, 1840, in-8, portrait, perc.

168. Beaumont and Flechter. Works, edited with notes, by A. Dyce. *London*, 1843-45, 7 vol., in-8, perc., portr. gr.
Le tome III manque à la collection

169. Southey (R.). Poetical works, complete. *London*, 1844, gr. in-8, portrait, perc.

LANGUE MALTAISE

170. Vassali (M.). Grammatica della lingua maltese. Seconde édition. *Malta*, 1827, in-8, br.

171. Panzavecchia (C. F.). Grammatica della lingua maltese. *Malta*, 1845, in-12, d.-bas.

172. Falzon (G. B.). Dizionario maltese-italiano-inglese. *Malta*, 1845, in-8, d.-bas.

173. Taylor. Esercizii di conversazione in italiano, inglese e maltese. *Malta*, 1844, in-12, oblong, br.

174. Vassali. Motti, aforismi e proverbi maltesi. *Malta*, 1828, in-8, br., mouillures.

HISTOIRE

GÉNÉRALITÉS

175. Herder (J. G. von). Ideen zur Philosophie der Geschichte der Menschheit. *Leipzig*, 1812, 2 vol. in-8, d.-bas.

176. Heeren (A. H. L.). Ideen über die Politik, den Verkher und den Handel der vornehmsten Vœlker der alten Welt. *Wien,* 1817, 5 vol. in-8, d.-bas., cartes. — Handbuch der Geschichte des Europaischen Staatensystems und seiner Colonien. *Wien,* 1817, in-8, d.-bas.

177. Rosse (J. Willoughby). An Index of dates, comprehending the principal facts in the chronology and history of the world, alphabetically arranged. *London,* 1858-59, 2 vol. in-12, perc.

HISTOIRE DE L'ORIENT

178. Lenormant (François). Manuel d'histoire ancienne de l'Orient jusqu'aux guerres médiques. *Paris,* 1869, 3 vol. in-18, d.-rel., et atlas in-folio. d.-v.

178 *bis.* Le même, 1re édition. *Paris,* 1868, 2 vol. in-18, d.-rel.

179. Movers (F.-C.). Die Phœnizier. *Bonn,* 1841-1856, 3 tomes en 4 vol., in-8, d.-toile. (Rare.)

180. Saint-Martin (J.). Mémoires historiques et géographiques sur l'Arménie. *Paris,* 1818 et 1819, 2 vol. in-8, papier vélin, bas. rouge, fil., tr. dor. (Rare.)

181. Histoire d'Arménie, par le patriarche Jean Catholicos, trad. de l'arménien par J. Saint-Martin. *Paris,* 1841, in-8, d.-bas.

182. Dulaurier (Éd.). Recherches sur la chronologie arménienne. Vol. I : Chronologie technique. *Paris,* 1859, in-4, br.

HISTOIRE DES GRECS ET DES ROMAINS

183. Thirlwall (Connop.). History of Greece. *London*, 1839-40,
7 vol. in-12. — History of Rome. *London*, 1836-39, 2 vol.
Ensemble, 9 vol. in-12, perc., pl. gr.

184. Benloew (L.). La Grèce avant les Grecs, étude linguistique et ethnographique. *Paris,* 1877, in-8, br.

185. Hérodote. Histoire, traduite du grec, par Larcher. *Paris*,
1786, 7 vol. in-8, v.

186. Herodoti historiæ, textus Johannis Schweighæuser, cum
lectionibus variis. *Glasguæ*, 1818, 4 vol. in-8, cart., portr.

187. Thucydide. Histoire de la guerre du Péloponnèse, texte et
trad. en français par A. Firmin Didot. Seconde éd. Tome I.
Paris, 1868-72, in-8, br., carte.

188. Niebuhr (B. G.). Rœmische Geschichte. *Berlin*, 1811-12,
2 vol. in-8, d.-bas., carte.

189. Niebuhr (B. G.). The history of Rome, translated by
C. Thirlwall and Hare. Second edition. *Cambridge*, 1831-32,
2 vol. in-8, cart., carte.

190. Crevier. Histoire des empereurs romains depuis Auguste
jusqu'à Constantin, faisant suite à l'histoire de Rollin. *Paris*,
1824-28, 9 vol. in-8, br.

191. Reinaud. Relations politiques et commerciales de l'empire
romain avec l'Asie orientale (Hyrcanie, Inde, Bactriane et
Chine). *Paris*, 1863, in-8, br.

192. Bœcking (Ed.). Notitia dignitatum et administrationum
omnium tam civilium quam militarium in partibus Orientis
et Occidentis. Avec index. *Bonnæ*, 1839-1853, 3 vol. in-8,
d.-mar. à coins, fig., tr. sup. dor.

193. Gibbon (Edw.). The history of the decline and fall of the
Roman empire. *London*, 1828, 8 vol. in-8, d.-chagr. viol.,
portrait, carte.

194. Lebeau. Histoire du Bas-Empire. Nouv. édit., publiée par M. de Saint-Martin. *Paris,* 1824 à 1836, 21 vol. in-8, d.-bas.

HISTOIRE ECCLÉSIASTIQUE

195. Fleury (l'abbé). Histoire ecclésiastique, augmentée de quatre livres comprenant l'histoire du xv° siècle, publiés pour la première fois. *Paris,* 1840, 6 vol. gr. in-8, d.-bas.

196. Liber diurnus, ou Recueil des formules usitées par la chancellerie pontificale du v° au xi° siècle, avec le supplément, publié par Eug. de Rozière. *Paris,* 1869, 2 vol. in-8, br.

197. The life and pontificate of Leo X, by W. Roscoe. *London,* 1806, 6 vol. in-8, cart., portrait.

198. Huillard-Bréholles (J. L. A.). Introduction à l'histoire diplomatique de l'empereur Frédéric II. *Paris,* 1859, in-4, br., pap. vergé.

199. Hallam (Henry). View of the state of Europe during **the** middle age. *London,* 1819, 3 vol. in-8, cart.

HISTOIRE DE FRANCE

200. Belloguet (Roget de). Ethnogénie gauloise. Glossaire gaulois. *Paris,* 1872, in-8, br.

201. Belloguet (Roget de). Ethnogénie gauloise. Preuves intellectuelles, le génie gaulois, caractère national, etc. *Paris,* 1868, in-8, d.-toile.

202. Paris (G.). Histoire poétique de Charlemagne. *Paris,* 1865, in-8, d.-toile.

203. Guizot. Grégoire de Tours et Frédégaire. *Paris,* 1862, 2 vol. in-12, d.-mar. rouge.

204. Boutaric (Edgard). Institutions militaires de la France avant les armées permanentes. *Paris,* 1863, in-8, br.

205. Wailly (Natalis de). Histoire de saint Louis par Joinville,

texte rapproché du français moderne. *Paris*, 1865, in-12, d.-toile. — Joinville et les enseignements de saint Louis à son fils. *Paris*, 1872, in-8, br.

206. Wailly (Natalis de). Histoire de saint Louis, par Jean, sire de Joinville, suivie du Credo et de la lettre à Louis X. *Paris*, 1868, in-8, d.-toile.

207. Wailly (N. de). Jean, sire de Joinville, histoire de saint Louis, Credo et lettre à Louis X. *Paris*, 1874, in-4, pl. en or et coul., fig., cartes, d.-mar. bleu, tr. sup. dor.

208. Boutaric (Edgard). Saint Louis et Alfonse de Poitiers. *Paris*, 1870, in-8, d.-mar. brun.

209. Le Clerc (V.), et Renan (E.). Histoire littéraire de la France au XIVe siècle. Seconde édition. *Paris*, 1865, 2 vol. in-8, d.-toile.

210. Mémoires du cardinal de Retz, de Guy Joli et de la duchesse de Nemours. *Paris,* 1828, 5 vol. in-8, d.-bas.

211. Mignet (F. A.). Histoire de la Révolution française, depuis 1789 jusqu'en 1814. *Paris*, 1826, 2 vol. in-8, d.-bas.

212. Ségur (de). Histoire de Napoléon et de la grande armée pendant l'année 1812. *Paris*, 1825, 2 vol. in-8, d.-bas., coins, carte.

213. Laborde (marquis de). Les archives de France. *Paris*, 1867, in-18, br.

HISTOIRE D'ESPAGNE

214. Joannis Marianæ Hispani, e Soc. Jesu. Historiæ hispanicæ libri XXX. *Francofurti*, 1606, in-fol., d.-v. Mouillures, raccommodage au titre.

215. Histoire générale d'Espagne, trad. de l'espagnol, de Jean de Ferreras, par M. d'Hermilly. *Paris*, 1742-1751, 10 vol. in-4, v., pl. cartes et vignettes.

216. Prescott (W. H.). History of the conquest of Mexico, with

the life of Hernando Cortès. *Paris*, 1844, 3 vol. in-8, d.-bas.,
cartes.

HISTOIRE D'ANGLETERRE ET D'IRLANDE

217. Turner (Sharon). The history of the Anglo-Saxons, from
the earliest period to the Norman conquest. *Paris*, 1840,
3 vol. in-8, d.-toile.

218. Lingard (John). A history of England, from the first invasion by the Normans. 5e édit. *Paris*, 1840, 8 vol. in-8,
d.-toile.

219. James (W.). The naval history of Great Britain, from the
declaration of war by France, 1793, to the ascension of
George IV. *London*, 1822-24, 5 vol. in-8, cart., pl.

220. O'Halloran. A general history of Ireland, from the earliest
accounts to the close of the twelfth century. *London*, 1778,
2 tomes en 1 vol. in-4, v.

221. History of Ireland from the earliest period, by S. Barlow.
London, 1814, 2 vol. in-8, cart., portr. — A compendium of
the history of Ireland, by J. Lawless. *Belfast*, 1815, in-8,
cart., — History of the insurrection of the county of Wex-
ford, by Edw. Hay. *Dublin*, 1803, in-8, cart. Ens. 4 vol.

222. Lanigan (J.). An ecclesiastical history of Ireland. *Dublin*,
1822, 4 vol. in-8, d.-bas.

GÉOGRAPHIE

ATLAS ET RECUEILS DE CARTES

223. Anville (d'). Atlas and geography of the antients, *London*, 1815, in-fol. texte accompagné de 12 pl. en coul., d.-v.

224. Fortia d'Urban (de). Recueil des itinéraires anciens, comprenant l'itinéraire d'Antonin, la table de Peutinger et un
choix des périples grecs. *Paris*, 1845. in-4, cart.

225. Lapie (P.). Orbis romanus ad illustranda itineraria An o-
nini Burdigalense, tabulam Peutingerianam, etc. *Paris*, 1634,
10 ff., in-fol., cart.

226. Tabula itineraria Peutingeriana, primum aeri incisa et
edita a F. Ch. de Scheyb. 1753 ; denuo collata cum codice
Vindoboni, emendata et nova C. Mannerti introductione
instructa. *Lipsiæ*, 1824, in-fol., cart., 12 planches.

227. Parthey et Pinder. Itinerarium Antonini Augusti et Hiero-
solymitanum. *Berolini*, 1848, in-8, cartes, perc.

228. Buchon et Tastu. Notice d'un atlas en langue catalane, de
l'an 1375. *Paris*, 1841, in-4, d.-bas., pl. gr. (Notices et extraits des mss. de la bibl. du roi.) — Le vol. contient aussi.
— Notice sur un ms. grec, et notice sur le ms. de Wolfen-
büttel).

229. Le Rouge. Recueil contenant des cartes nouvelles dressées
sur les lieux, pour servir à l'histoire des guerres de 1741. *Paris*, 1742, in-fol., nombr. plans gr., cart. (Exempl. fatigué).

230. Spruner (K. von). Historisch-geographischer Hand-atlas.
Gotha, 12 cartes de la péninsule ibérique et des îles britani-
niques, en coul., in-folio, d.-toile.

231. Bellin. Petit atlas maritime. recueil de cartes et plans des
quatre parties du monde. *Paris*, 1764, 5 vol. in-fol. conten.
plus de 500 cartes marines et plans de ports ; rel. v., fil.

232. Dufour (A. H.) et Duvotenay. La terre, atlas historique et
universel de géographie ancienne, du moyen âge et moderne.
Paris, 1840, in-fol., d.-v. (Quelques cartes détachées des on-
glets).

GÉOGRAPHIE ORIENTALE

233. S. Bocharti geographia sacra, seu Phaleg et Canaan. Editio tertia, procuravit P. de Villemandy. *Lugd. Bat.*, 1692,
in-fol., parch., carte.

234. Derenbourg (J.). Essai sur l'histoire et la géographie de la Palestine. Part. I. *Paris*, 1867, in-8, d.-toile.

235. Guérin (V.). Description géographique, historique et archéologique de la Palestine : Judée. *Paris*, 1868 et 69, 3 vol. gr. in-8, br., carte.

236. Wright (Th.). Early travels in Palestine, edited with notes. *London*, 1848, in-8, br., carte, perc.

237. Univers pittoresque. 5 vol. (Afrique septentrionale, Palestine, Afrique ancienne). In-8, pl. gr., rel. d.-toile, et d.-chag.

GÉOGPAPHIE ANCIENNE

238. Ptolemæi (C.) Geographiæ libri octo, græce et latine. Edidit F. G. Wilberg. Fasc. I à VI, cont. les 6 premiers livres. *Essendiæ*, 1838 à 1845, in-4, d.-bas., pl. lith.

239. Strabonis rerum geographicarum libri XVII. Isaacus Casaubonus recensuit, emendavit ac commentariis exornavit, cum G. Xylandri latina versione. *Lutetiæ Parisiorum, typis regiis,* 1620, in-fol., v.

240. Pomponii Melæ De situ orbis libri tres, cum notis variorum. Editio tertia. *Lugd. Bat.,* 1782, in-8, parch., pl., fig.

241. Mentelle. Géographie ancienne. *Paris,* Panckoucke, 1787-1792, 3 tomes en 6 vol. in-4, cart.
   Publié dans l'*Encyclopédie méthodique.*

242. Avezac (d'). Ethicus et les ouvrages cosmographiques intitulés de ce nom. *Paris,* 1852, in-4, br.

GÉOGRAPHIE MODERNE

243. Ritter (K.). Géographie générale comparée, ou étude de la terre, traduite par Buret et Desor. *Paris,* 1836, 3 vol. in-8, d.-bas.

244. Modern Traveller (The), or description geographical, historical and topographical of the various countries of the world.

London, 1824-27, 12 vol. in-12, d.-bas., pl. gr. (Syrie, Palestine, Egypte, Turquie, Arabie, Grèce, Perse, Chine, etc.).

245. The Edinburgh Gazetteer, or geographical dictionary,
forming a complete body of geography. *Edinburgh,* 1822,
6 vol. in-8, v.

246. Deloche (Max.). Études sur la géographie historique de la
Gaule et spécialement sur les divisions territoriales du Limousin au moyen âge. *Paris,* 1861, in-4, d. toile, cartes.

247. Bladé (J. Fr.). Études géographiques sur la vallée d'An-
dorre. *Paris,* 1875, in-8, br., carte.

248. Desjardins (E.). Aperçu historique sur les embouchures du
Rhône, travaux anciens et modernes. *Paris,* 1867, in-4, br.;
21 pl. gr. en coul. — Nouvelles observations sur les fosses
Mariennes et le canal du Bas-Rhône. *Paris,* 1870, in-4, br.,
carte gr. en coul.

VOYAGES

249. Murray (Hugh). The travels of Marco Polo, with copious
notes. *Edinburgh,* 1844, in-12, vignettes, 2 cartes, perc.

250. Clarke (E. D.). Travels in various countries of Europe, Asia
and Africa. *London,* 1816-18, 8 vol. in-8, nombr. cartes et pl.
gr., v., fil.

251. L'Hindoustan, ou religion, mœurs, usages, arts, métiers des
Hindous. *Paris, Nepveu,* 1816, 6 vol. in-18, mar. rouge dent.,
tr. dor., nombr. fig. color.

252. Breton. La Chine en miniature, choix de costumes, arts et
métiers de cet empire. *Paris, Nepveu,* 1811, 6 vol. in-18, v.
rac., tr. dor., fig. col.

253. Ellis (H.). Journal of the proceedings of the late embassy
to China. Deuxième édition. *London,* 1818, 2 vol. in-8, portr.,
cartes, cart.

254. Mc Leod (J.). Voyage of H. M's. Ship Alceste along the

coast of Corea to the island of Lewchew, etc. Seconde édition. *London*, 1818, in-8, cart., pl. lith. en coul.

255. Santarem (vicomte de). Recherches sur la priorité de la découverte des pays situés sur la côte occidentale d'Afrique au delà du cap Bojador. *Paris*, 1842, in-8, d.-bas.

256. Avezac (d'). Notice des découvertes faites au moyen âge dans l'océan Atlantique, antérieurement au xve siècle. *Paris*, 1845, in-8, br. Mouillures.

257. Barth (H.). Travels and discoveries in north and central Africa, in the years 1849-55. Second edition. Vol I, II et III. *London*, 1857, 3 vol. in-8, perc., cartes et lithogr. teintées.

Les vol. IV et V manquent.

258. Cook (J.) et King (J.). A voyage to the Pacific Ocean for making discoveries in the Northern hemisphere. *Dublin*, 1784, 3 vol. in-8, v., cart.

259. Mariner (W.). An account of the natives of the Tonga islands in the south Pacific ocean, edited by J. Martin. *London*, 1818, 2 vol. in-8, cart., fig.

260. Avezac (d'). Relation authentique du voyage du capitaine de Gonneville ès nouvelles terres des Indes, publiée intégralement. *Paris*, 1869, in-8, br.

261. Hunter (J. D.). Memoirs of a capvity among the Indians of North America. *London*, 1824, in-8, portrait, cart.

ARCHÉOLOGIE

262. Archéologie, peuples primitifs et colons, Egypte, Ethiopie, Assour-Phénicie, Grèce, Rome, les Etrusques. In-8, br., fig.

263 Lenormant (Fr.). Monographie de la voie sacrée éleusinienne. *Paris*, 1864. Vol. I, en feuilles, in-8, carte.

264. Beulé. L'Acropole d'Athènes. *Paris*, 1862, in-8, d.-toile, pl. gr.

265. Ramsay (W.). Roman antiquities. *London*, 1851, in-8, nombr. fig., perc.

266. Vogüé (Cte de). Mélanges d'archéologie orientale. *Paris*, 1868, in-8, d.-toile, nombr. pl.

266 *bis*. Antiquarian Itinerary (The), comprising specimens of architecture monastic, castellated and domestic, in Great Britain, accompanied with description. *London*, 1815-18, 7 vol. in-8, ornés de plus de 350 vues finement gravées,

267. Mariette-Bey (Aug.). Notice des principaux monuments exposés dans les galeries du musée de Boulaq. *Alexandrie,*. 1864, in-8, br.

ÉPIGRAPHIE

GRECQUE, ROMAINE ET ORIENTALE

268. Renier (Léon). Mélanges d'épigraphie. *Paris*, 1854, in-8. d.-bas., pl. gr.

269. Zell (C.). Handbuch der Rœmischen Epigraphik : I. De lectus inscriptionum romanorum. — II. Anleitung zur Ke n niss der Rœmischen Inschriften. *Heidelberg*, 1850-185', in-8, d.-mar. vert, pl. lithogr.

270 Bréal (M.). Les tables eugubines, texte traduction et commentaire avec une grammaire et une introduction historique. *Paris*, 1875, 1 vol. in-8, et album in-fol. de pl. en coul., relié, d.-chag, noir.

271. Waddington (W. H.) Inscriptions grecques et latines de la Syrie, recueillies et expliquées. *Paris,* 1870. — Edit d. Dioclétien établissant le maximum dans l'empire romain. *Paris*, 1864, rel. en 1 vol. in-fol., d.-mar. violet. (Rare).

272. Vogüé (comte Melchior de). Syrie centrale. Inscriptions Sémitiques, publiées avec trad. et commentaires. *Paris*, 1868, in-fol., nombr. pl., d.-toile. — IIe partie : Inscriptions sabéennes. *Paris*, 1868-1877, in-fol. br., nombr. pl.

273. Clermont-Ganneau. La stèle de Dhiban ou stèle de Mesa, roi de Moab, 896 av. J. C. *Paris,* 1870, in-4, br., pl.

274. Reboud (le D.). Recueil d'inscripions libyco-berbères. *Paris*, 1870, in-4, br., 26 pl.

275. Halévy (J.). Examen critique et philologique des inscriptions sabéennes connues jusqu'à ce jour. *Paris,* 1875, in-8, br.

NUMISMATIQUE

276. Deloche (Maximin). Description des monnaies mérovingiennes du Limousin. *Paris*, 1863, in-8, br., pl. gr.

277. Robert (Ch.). Recherches sur les monnaies et les jetons des maîtres échevins, et descriptions de jetons divers. *Metz*, 1853, in-4, br., pl. gr.

BIOGRAPHIE

278. Biographie universelle, ancienne et moderne, rédigée par une société de gens de lettres et de savants. *Paris*, 1811 à 1828, 52 vol. in-8, cart.

—

MONDE MUSULMAN

ARABES, PERSANS, TURCS

RELIGION MUSULMANE

LE CORAN — SECTES MUSULMANES RELIGIEUSES ET PHILOSOPHIQUES

279. Das L eben Muhammed's nach Muhammed Ibn Ishâk, etc.,
texte, index et introduction publié par F. Wüstenfeld. *Gœt-tingen*, 1860, 2 tom. en 1 vol. in-8, d.-bas. (1290 pages).

280. Sprenger (A.). Das Leben und die Lehre des Mohammed.
Berlin, 1861 à 1868, 3 vol. in-8, d.-toile.

281. Mills (Ch.). An history of Muhammedanism. Seconde édition. *London*, 1818, in-8, cart.

282. Alcorani textus universus. Præmissus est prodromus.
Edidit Lud. Maraccius. *Patavii*, 1698, 127 et 839 pp. in-fol., v.
(Texte, trad., notes, réfutation, etc.)

283. Corani textus arabicus edid. G. Fluegel. *Lipsiae*, 1834,
in-4, d.-mar. rouge.

284. The Qoran, with the commentary entitled the « Kashshaf'
an Haqaiq al-Tanzil. » edited by W. Nassau Lees. *Calcutta*,
1856, 2 forts vol. in-4, d.-bas.

285. The Koran, commonly called the Alcoran of Mohammed,

translated into English, with notes by G. Sale. *London*, 1850,
in-8, perc., cartes.

286. Le Koran, trad. sur le texte arabe, par Kazimirski. *Paris*,
1857, in-12, d.-bas.

287. Concordantiæ Corani arabicæ, edid. G. Fluegel. *Lipsiæ*,
1842, in-4, d.-toile.

288. Noudjoum al fourqân. Les astres du Qoran, ou concor-
dance du Qoran par ordre alphabétique, avec préface en
persan. Composé par Ibn Mohammed Saïd Effendi, afghan
de Bénarès, *Calcutta*, 1226 (1811), gr. in-4, d.-rel., 313 pages
à 19 lignes, plus 6 ff, d'errata. (Rare.)

289. Beidhawii commentarius in Coranum. Texte arabe et index
publ. par H. O, Fleischer. *Lipsiæ*, 1847-48, 2 vol. in-4, cart.

290 Sojutii Liber de interpretibus Korani, arabice editus et
annotat. illustratus cura A. Meursinge. *Lugd. Bat.*, 1839,
in-4, d.-v.

291. Nœldeke (Th.). Geschichte des Qorâns. *Gœttingen*, 1860,
in-8, d.-toile.

292. Book of religious and philosophical sects, by Muhammed
Al Sharastani, edited by W. Cureton. *London*, 1842-1846,
2 vol. in-8, perc.

293. Scharastâni's Religionspartheien und Philosophen-Schu-
len uebersetzt von Th. Haarbrücker. *Halle*, 1850-1851, deux
parties en 1 vol. in-8, d.-toile.

294. Guyard (S.). Fragments relatifs à la doctrine des Ismaélis; texte, trad. et notes. *Paris*, 1874, in-4, d.-bas.

295. Sacy (Silvestre de). Exposé de la religion des Druzes. *Paris*,
1838, 2 vol. in-8, d.-bas.

296. Flügel (G.). Mani, seine Lehre und seine Schriften. Ein
Beitrag zur Geschichte des Manichaeismus, aus dem Fihrist.
Leipzig, 1862, in-8, d.-toile.

297. Tholuck (F. A. D.). Ssufismus, sive Theosophia Persarum
pantheistica, e mss. persicis, arabicis, turcicis. *Berolini*,
1821, in-12, d.-bas.

298. 'Abdu-r-Razzaq's Dictionary of the technical terms of the Sufies edited in the arabic original, by Dr. Aloys Sprenger. *Calcutta*, 1845, in-8, d. v., coins.

299. Chwolsohn (Dr. D.). Die Ssabier und der Ssabismus. *Saint-Petersburg*, 1856, 2 vol. in-8, d.-mar. rouge à coins, tr. sup. dor., fig. — Index, 1 vol. in-8, d. m. r. à coins, tête dorée. Ens. 3 vol.

300 Renan (E.). Averroès et l'Averroïsme. Deuxième édition. *Paris*, 1861, in-8, d.-bas.

301. Poper (Dr. S.). Behmenjâr ben el-Marzubân, der Persische Aristoteliker aus Avicenna's Schule. *Leipzig*, 1851, in-1?, d.-mar. rouge.

302. Aristotelis Categoriæ, græce cum versione arabica 'Isaaci Honeini filii et variis lectionibus textus græci e versione arabica ductis, edidit J. Th. Zenker. *Lipsiæ*, 1846, in-8, d.-rel.

303. Maïmonide. Le guide des égarés, traité de théologie et de philosophie par Moïse ben Maïmonn, publié dans l'original arabe, avec trad. française et notes, par S. Munk. *Paris*, 1856-1866, 3 vol. in-8, d.-mar. bleu.

304. Munk (S.). Mélanges de philosophie juive et arabe. *Paris*, 1859, in-8, d.-mar. viol.

305. Dieterici (Dr. Fr.). Die Propaedeutik der Araber im zehnten Jahrhundert. *Berlin*, 1865, in-8. d.-rel., pl. lithogr.

306. Dieterici (Dr. Fr.). Die Logik und Psychologie der Araber im zehnten Jahrhundert n. Chr. *Leipzig*, 1868, in-8, d.-bas.

307. Addourra Al-Fâkhira, la Perle précieuse de Ghâzâlî, traité d'eschatologie musulmane; texte et traduction par L. Gautier. *Genève*, 1878, in-8, br.

308. Hyde (Th.). Historia religionis veterum Persarum eorumque Magorum, etc. *Oxonii*, 1700, in-4. parch. pl. gr. (avec l'appendice).

309. Mizân el zemân oue qisthâs ebediïet el insân. Balance du temps et équilibre de l'éternité. *Au Liban*, 1734, pet. in-4,

mar. rouge, 362 pages à 19 lignes encadrées (quelques piqû-
res dans la marge intérieure).

Ce livre est la traduction arabe par le P. Fromage, jésuite, de l'ouvrage du jésuite
espagnol Eusèbe Nieremberg, dont l'edition latine parut en 1654, à Madrid, sous le
titre de *De Discrimine inter temporale et æternum.*
C'est la PREMIÈRE PRODUCTION de l'imprimerie qu'Abdallah Zakher venait d'établir
au Liban. Cet ouvrage est d'une grande rareté.

310. Tanchumi Hierosolymitani commentarius arabicus in La-
mentationes edidit G. Cureton. *Londini*, 1843, in-8, perc.

311. Extrait d'une traduction manuscrite en langue berbère de
quelques parties de l'Écriture sainte, contenant XII chap. de
saint Luc. *Londres*, 1833, in-8, bas.

DROIT MUSULMAN

312. Ayeen Akbery; or the Institutes of the emperor Akber,
translated from the persian by F. Gladwin. *London*, 1800,
2 vol. in-8, d.-bas., pl. gr.

313. Querry (A.). Droit musulman. Recueil de lois concernant
les musulmans schiites. Tome I. *Paris*, 1871, gr. in-8, br.

314. Van den Berg. De Contractu « Do ut des » jure Mohamme-
dano. *Lugd. Bat.*, 1848, in-8, d.-bas.

315. Worms. Recherches sur la constitution de la propriété
territoriale dans les pays musulmans et en Algérie. *Paris*,
1846, in-8, d.-rel.

LES SCIENCES CHEZ LES ARABES

316. Encyclopaedische Uebersicht der Wissenschaften des
Orients, aus sieben arabischen, persischen und türkischen
Werken uebersetzt. Erster Theil. *Leipzig*, 1804, in-8,
d.-toile.

317. Mélanges sur les sciences de l'Asie : Sédillot : Traité des
instruments astronomiques des Arabes (1841). — Biot :
Traité arabe sur l'astronomie (1843). — Mode d'énonciation
des longitudes, chez les Arabes. — Calcul des syzygies. —

Lajard : Mémoire sur un bas-relief mithriaque (1843), etc. 1 vol. in-4, d.-toile.

318. Sontheimer (Jos. v.). Grosse Zusammenstellung über die Kraefte der bekannten einfachen Heil-und Nahrungsmittel von Ebn Beithar. *Stuttgart*, 1840-42, 2 vol. gr. in-8, d.-bas.

319. Ibn el-Beithar. Traité des simples, traduit par le Dr L. Leclerc. Tome 1. *Paris*, 1877, in-4, cart., non coupé. (Notices et ext. de la Bibl. nat., t. XXIII, 1re p.)

320. Wenrich (J. G.) De auctorum græcorum versionibus et commentariis syriacis, arabicis, armeniacis, persicisque commentatio. *Lipsiæ*, 1842, in-8, d.-bas.

321. Reinaud et Favé. Du feu grégeois, des feux de guerre et des origines de la poudre à canon. *Paris*, 1845, in-8, br., et atlas in-4, de 17 pl. lithogr., br.

322. Takieddin Almakrizi Tractatus de legalibus Arabum ponderibus et mensuris, arab. edid. O. G. Tychsen. *Rostock*, 1800. — Sacy (S. de). Traité des poids et mesures des musulmans, trad. de l'arabe de Makrizi. *Paris*, 1797. In-12, d.-bas. 2 part. en 1 vol.

323. Morley (W. H.). Description of a planispheric astrolabe constructed for Shah Sultan Husani Safardi, King of Persia, now preserved in the British Museum ; and twelve other astrolabes. *London*, 1856, in-fol., 21 pl., cart.

324. Wœpcke (F.). Extrait du Fakhrî, traité d'algèbre. *Paris*, 1853.—L'algèbre d'Omar Alkhayyâmî, publiée, traduite etc. *Paris*, 1851. Les deux en 1 vol. in-8, d.-rel.

325. Wœpcke (F.). Recherches sur plusieurs ouvrages de Léonard de Pise découverts et publiés par le prince Boncompagni. *Rome*, 1859, in-4, br.

326. Wœpcke (Fr.). Trois traités arabes sur le compas parfait. —Guyard (St.). Fragments relatifs à la doctrine des Ismaélis. *Paris*, 1874, in-4, cart. (Not. et extr. de la Bibl. nat., t. XXII, 1re p.)

327. Hyde (Th.). De ludis orientalibus : Historia nerdiludii, hoc

est dicere truncorum; Explicatio amplissimi chinensium ludi, etc. *Oxonii*, 1694, in-12, parch., pl. gr.

GRAMMAIRES

GRAMMAIRIENS ARABES — GRAMMAIRES ARABES PAR DES AUTEURS EUROPÉENS

328. Fluegel (G.). Die grammatischen Schulen der Araber. Erste Abtheilung. *Leipzig*, 1862, in-8, d.-toile, avec un *index* ms.

329. Freytag. Darstellung der Arabischen Verskunst mit sechs Anhaengen. *Bonn*, 1830, in-8, d.-v.

330. Garcin de Tassy. Rhétorique et prosodie des langues de l'Orient musulman. Seconde édition. *Paris*, 1873, in-8, d.-rel.

331. Veth (P. I.). Specimen e litteris orientalibus exhibens ma-
; orem partem libri As Sojutii, de nominibus relativis. *Lugd. Bat.*, 1840, in-4, d.-bas.

332. Alfiya, ou la Quintessence de la grammaire arabe, publiée en original, avec un commentaire, par S. de Sacy. *Paris*, 1833, in-8, cart., annotat. ms.

333. Al-Mufassal, opus de re grammatica arabicum, auctore Zamahsario, edidit J. P. Broch. *Christianiæ*, 1859, in-8, d.-rel.

334. Commentaire d'Ibn-Akil sur l'Alfiya. Texte, avec annotations ms. de M. de Slane. *Boulaq*, in-8, d.-bas.

335. Commentaire sur l'ouvrage grammatical intitulé la Kafiya, d'Ibn-Hagib. *Calcutta*, 1818, in-8, d.-bas. (Rare.)

336. Djaroumiya, grammaire arabe élémentaire de Mohammed ben Davoud El-Sanhadjy. Texte et trad. par Bresnier. *Alger*, 1846, in-8, d.-toile.

337. Bresnier (L. J.). Djaroumiya, grammaire arabe élémentaire (principes de syntaxe): texte, trad., notes. *Paris*, 1866, titres en or et coul., in-8, br.

338. Derenbourg (H.). Le livre des locutions vicieuses de Dja-
walîki, publ. pour la première fois. In-8, d.-toile (sans titre).

339. Djordjani (Ali ben Mohammed). Tarifat. Dictionnaire des
termes techniques de grammaire, de prosodie, de théologie,
etc. *Constantinople*, 1253, in-8, d.-v.

340. Grammaire arabe, en arabe. *Imprimé à Malte*, 1836,
in-8, cart.

341. Guadagnoli (le P. Ph.). Breves arabicæ linguæ institutiones. *Romæ*, 1642, in-fol., d.-v.

342. Dombay (Fr. de). Grammatica linguæ mauro-arabicæ,
juxta vernaculi idiomatis usum. Accessit vocabularium. *Vindobonæ*, 1800, in-4, d.-bas.

343. Herbin (F. G,). Développements des principes de la langue arabe moderne, suivis d'un recueil de phrases, de traductions, de proverbes, d'un essai de calligraphie arabe. *Paris*, 1803, in-4, 11 pl. gr., d.-v.

344. Savary. Grammaire de la langue arabe vulgaire et litté-
rale, augmentée de contes arabes. *Paris*, 1813, in-4, d.-bas.

345. Oberleitner (A.). Fundamenta linguæ arabicæ. *Viennæ*,
1822, in-8, d.-bas.

346. Sacy (Silvestre de). Grammaire arabe, seconde édition.
Paris, 1831, 2 vol. — Anthologie grammaticale arabe. *Paris*,
1829, 2 vol. — Chrestomathie arabe. *Paris*, 1826 et 1827,
seconde édition, reliée en 4 vol. Ensemble 8 vol. in-8, de reliure uniforme, d.-v. fauve.

347. Vullers (J. Aug.). Grammaticæ arabicæ elementa et for-
marum doctrina per tabulas descriptæ. *Bonn*, 1832, in-4,
d.-rel.

348. Bocthor (Ellious). Abrégé des conjugaisons arabes, cor-
rigé et augmenté. *Paris*, in-8, lithogr. (notes à la main).

349. Pihan (A. P.). Eléments de la langue algérienne. *Paris*,
1851, in-8, br.

350. Dugat (G.). Grammaire française à l'usage des Arabes de

l'Algérie, de Tunis, du Maroc, de l'Egypte et de la Syrie. *Paris*, 1854, in-8, br.

351. Bresnier. Cours pratique et théorique de langue arabe. *Alger*, 1855, frontisp. or et coul., in-8, d.-toile.

352. Soliman Al-Harairi. Grammaire française de Lhomond, traduite en arabe, avec le texte en regard. *Paris*, 1857, in-8, br.

353. Bellemare (A.). Grammaire arabe (idiôme d'Algérie). Quatrième édition. *Paris*, 1860, gr. in-8, d.-toile.

354. Glaire (J. B.). Principes de grammaire arabe, suivis d'un traité de la langue arabe, avec exercices. *Paris*, 1861, in-8, br.

355. Abougit Principes de la grammaire arabe à l'usage des écoles de Français en Orient. *Beyrouth*, 1862, in-12, br.

356. Derenbourg (H.). Essai sur les formes des pluriels arabes. *Paris*, 1867, in-8, br., non coupé.

357. Belkacem ben Sedira. Cours pratique de langue arabe à l'usage des écoles d'Algérie. *Alger*, 1875, in-8, br.

358. Houdas (O.). Cours élémentaire de langue arabe. Syllabaire, lexicologie, syntaxe. *Oran*, 1875-1876, 2 broch. in-8, lithogr.

GRAMMAIRE TURQUE

359. Meninski. Grammatica turcica. *Viennæ*, 1680, in-fol., d.-v.

360. Grammaire turque, ou Méthode courte et facile pour apprendre la langue turque. *Constantinople*, 1730, in-4, cart.

361. Meninski (Fr. à Mesguien). Institutiones linguæ turcicæ, cum rudimentis parallelis linguarum arabicæ et persicæ. Nouv. édit. *Vindobonæ*, 1756, 2 vol. in-4, v.

362. Viguier. Eléments de la langue turque. *Constantinople*, 1790, in-4, d.-v.

363. Hindoglou (Artin). Grammaire théorique et pratique de la langue turke. *Paris*, 1831, in-8, d.-toile.

364. Davids (A. Lumley). Grammaire turke. *Londres*, 1836, in-4, broché.

265. Redhouse (J. W.). Grammaire raisonnée de la langue ottomane. *Paris*, 1846, in-8, d.-bas.

366. Zenker (J. Th.). Allgemeine Grammatik der Türkisch-Tatarischen Sprache von Mirza Kasem-beg. *Leipzig*, 1848, in-8, pl. lith., d.-bas., mouillures.

367. Wickerhauser (M.). Wegweiser zum Verstaendniss der Türkischen Sprache. Eine deutsch-türkische Chrestomathie. *Wien*, 1853, in-8, br., non coupé.

368. Klaproth (J.). Abhandlung ueber die Sprache und Schrift der Uiguren. *Paris*, 1820, in-fol., br.

369. Jones (Sir W.). A grammar of the Persian language. Neuvième édition, revue et augmentée par S. Lee. *London*, 1828, in-4, d.-v. antique, pl. gr.

370. Fleischer (H. L.). Grammatik der lebenden Persischen Sprache, nach Mirza M. Ibrahim's, Grammar of the Persian, language. Zweite Auflage. *Leipzig*, 1875, in-8, d.-bas.

DICTIONNAIRES

371. Golius (Jac.). Lexicon arabico-latinum. Accedit index latinus copiosissimus. *Lugd. Bat.*, 1653, exempl. interfolié et annoté, rel. en 2 vol. in-fol., d.-v.

372. Meninski. Lexicon arabico-persico turcicum, cum significatione latina. *Viennæ*, 1780, 4 vol. in-fol., d.-v. (Très-rogné.)

373. Willmet (J.). Lexicon linguæ arabicæ in Coranum, Hari-
rium et vitam Timuri. *Rotterodami*, 1784, in-4, d.-v.

374. Freytag (G. W.) Lexicon arabico-latinum. *Halis Saxo-
num*, 1830 à 1837, 4 vol. gr. in-4, d.-toile.
  Exemplaire sur grand papier.

375. Freytag (G. W.). Lexicon arabico-latinum, cum indice
vocum latinarum. *Halis Sax.*, 1830-37, 4 vol. in-4, d.-bas.
Exempl. fatigué.

376. Letellier (L. V.). Vocabulaire quintiglotte français-italien-
arabe-turc et grec. *Paris*, 1838, in-8, oblong, d.-bas.

377. Dozy (R. P. A.). Dictionnaire détaillé des noms de vête-
ments chez les Arabes. *Amsterdam*, 1845, in-8, d.-toile.

378. Paulmier (Ad.). Dictionnaire français-arabe (idiôme d'Algérie). *Paris*, 1850, in-12, d.-bas

379. Lane (Edw. Wm.). An Arabic-English Lexicon, Book I,
part. I. *London*, 1863, in-4, perc.

380. Slane (G. de), et Ch. Gabeau. Vocabulaire destiné à fixer
la transcription en français des noms de personnes et de
lieux usités en Algérie. — I. Noms de personnes. *Paris,*
1868, gr. in-8, br.

381. Dozy et Engelmann (W. H.). Glossaire des mots espagnols
et portugais dérivés de l'arabe. Seconde édition. *Leyde*,
1869, in-8, d.-toile.

382. Schiaparelli (C.). Vocabulista in arabico, pobblicato per la
prima volta sopra un codice della Biblioteca di Firenze. *Flo-
rence*, 1871, in-4. spéc. en photog., cart. (Non coupé.)

583. Cherbonneau (Aug.). Dictionnaire français-arabe pour la
conversation en Algérie. *Paris*, 1872, in-12, toile. — Dictionnaire arabe-français (langue écrite). *Paris*, 1876, 2 forts vol.
in-12, d.-mar. noir.

384. Dozy (R.). Supplément aux dictionnaires arabes. Liv. 1,
2 et 3. *Leyde*, 1877-78, in-4, br.

385. Delaporte (J. H.). Guide de la conversation française-arabe. Troisième édition. *Alger*, 1846, in-8, oblong, d.-toile.

386. Cherbonneau. Dialogues arabes, à l'usage des fonctionnaires et des employés de l'Algérie. *Alger,* 1858, gr. in-8, d.-toile.

387. Taar Ben Neggad. Dialogues français-arabes, avec le mot à mot et la prononciation figurée. *Constantine*, 1863, in-8, d.-toile,

DICTIONNAIRES TURCS

388. Rhasis (G.). Vocabulaire français-turc. *Saint-Pétersbourg*, 1828 et 1829, 2 part. en un vol. in-4, cart.

389. Kieffer (J. D.). et Bianchi. Dictionnaire turc-français. *Paris*, 1835-37, 2 vol. in-8, d.-bas.

390. Pavet de Courteille. Dictionnaire turk-oriental. *Paris*, 1868, gr. in-8, d.-v.

LANGUES BERBÈRE, KABYLE ET TAMACHEK

391. Grammaire et dictionnaire abrégés de la langue berbère, composés par feu Venture de Paradis. — Itinéraire de l'Afrique septentrionale, publié par Jaubert. *Paris*, 1844, in-4, d.-bas.

392. Hanoteau (A.). Essai de grammaire de la langue tamachek', langage parlé par les Imouchar' ou Touareg. *Paris*, 1860, in-8, pl., carte, d.-toile.

393. Hanoteau (A.). Essai de grammaire kabyle. *Alger*, 1858, in-8, d.-toile.

394. Hanoteau (A.). Poésies de la Kabylie du Jurjura. Texte et trad. *Paris*, 1867, gr. in-8, d.-bas.

LITTÉRATURE ARABE

395. Ahlwardt (Dr W.). Ueber Poesie und Poetik der Araber. *Gotha*, 1856, in-4, d.-toile.

396. Nœldeke (Th.). Beitraege zur Kenntniss der Poesie der alten Araber. *Hannover*, 1864, in-8, d.-toile.

397. Humbert (Jean). Anthologie arabe, ou choix de poésies arabes inédites. Texte et traductions française et latine. *Paris,* 1819, in-8, d.-bas.

398. Grangeret de Lagrange. Anthologie arabe ou choix de poésies arabes inédites, trad. en français. *Paris*, 1828, in-8, d.-bas.

399. Freytag (Dr G. G.). Chrestomatia arabica, grammatica historica. *Bonnæ*, 1834, in-8, br.

400. Bresnier. Chrestomathie arabe : lettres, actes et pièces diverses, avec la trad. en regard. *Paris,* 1857, frontisp. en or et en coul., d.-v., pl.

401. Bresnier (L. J.). Anthologie arabe élémentaire, avec un vocabulaire arabe-français. *Alger*, 1852, in-12, d.-toile

---

. Adhad-ed-din-el-igi. Statio quinta et sexta et appendix libri Mevakif, cum commentario Gorganii, edidit Th. Sœrensen.*Lipsiæ*, 1848, in-8, d.-bas.

403. Ali-ben-Abi-Taleb carmina, arabice et latine, cum notis edid. G. Kuypers. *Lugd. Bat*, 1745, in-8, v.

404. Alif Leïla, or The arabian Nights entertainments in the original arabic, published by Shuekh Uhmud bin Moohummud Shirwanee. Vol. I. containing the stories of 100 nights. *Calcutta*, 1814, gr. in-8, bas., 430 pages.

405. Les 1001 nuits, en arabe, publiées par **Max.** Habicht et Fleischer. Tomes IX, X, XI et XII. *Breslau*, 1842-43, 4 vol. in-18, broch.

406. Scott (Jonathan). The Arabian nights entertainments. *London*, 1811, 6 vol. in-8, cart., pl. gr.

407. Lane (Edw. W.). The Thousand and one nights, commonly called the Arabian nights' Entertainments. A new translation from the arabic. *London*, 1839 à 1841, 3 forts vol. in-8, perc., nombr. vignettes sur bois. (Reliure fatiguée.)

408. Amrolkaïs. Le diwan d'Amro'lkaïs; texte, trad. et notes publiés par le baron Mac Guckin de Slane, avec une notice sur le poëte. *Paris*, 1837, in-4, d.-mar. noir, à coins, tr. dor.

409. Le même ouvrage. In-4, d. v.

410. Le même ouvrage. In-4, br.

411. Amrui ben Kelthûm Taglebitæ Moallaka, arab. et latine curà J. L. Kosegarten. *Ienæ*, 1819, in-4, cart.

412. Antaræ poema arabicum Moallakah, cum integris Zouzenii scholiis, arabice et latine curà V. Elias Menil, cum observationibus J. Willmet. *Lugd. Bat*, 1816, in-4, cart.

413. Antar. Roman d'Antar. Texte seul, publié par Bourgade et Soliman el Harairi. *Paris,* 2 vol. in-8, d.-toile. (Tout ce qui a paru.)

414. Azz-eddin Elmocadessi. Les oiseaux et les fleurs, allégories morales, publiées en arabe, avec traduction et notes par Garcin de Tassy. *Paris,* 1821, in-8, d.-bas.

415. Borhàn-ed-Dini es-Sernûdji Enchiridion studiosi. Arabice edid., latine vertit C. Caspari, præfatus est H. O. Fleischer. *Lipsiæ*, 1838, in-4°, d. toile.

416. Burde. Funkelnde Wandelsterne zum Lobe des Besten der Geschœpfe; ein arabisches Gedicht Burde, herausg, und uebersetzt von V. von Rosenzweig. *Wien*, 1824, in-fol., d.-toile.

417. Calila et Dimna, ou Fables de Bidpaï, en arabe, suivies de la Moallaka de Lébid, en arabe et en français, par Sylvestre de Sacy. *Paris*, 1816, in-4, d.-rel.

418. Kalila and Dimna, or the fables of Bidpai, translated from the arabic by Rev. W. Knatchbull. *Oxford*, 1819, in-8, cart.

419. Carlyle (J.D). Specimens of arabian poetry, with some account of the authors. Seconde édition. *London*, 1810, in-8, cart.

420. Chalef elahmar's Qasside. Berichtigter arabischer Text, Uebersetzung und Commentar, mit Benutzung vieler handschrift. Quellen, von W. Ahlwardt. *Greifswald*, 1856, in-8, d.-toile.

421. Ghasali. O Kind! Die berühmte ethische Abhandlung Ghasali's arabisch und deutsch von Hammer-Purgstall. *Wien*, 1838, in-8, br.

422. Hamasae carmina, cum Tebrisii scholiis integris. Pars prior, textus arabicus et quator indices, edid. G. G. Freytag. *Bonnae*, 1828, in-4, d.-toile. 932 pages.

423. Harethi Moallaca cum scholiis Zuzenii, et Abulolæ carmina, edid. latine vertit et annotav. J. Vullers. *Bonnæ*, 1827, in-4, cart.

424. Haririi Eloquentiæ arabicæ principis tres priores consessus. E cod. mss. biblioth. Lugd. Bat. pro specimine emissi ac notis illustrati ab A. Schultens. *Franequeræ*, 1731, in-4, v.

425. Les séances de Hariri, publiées en arabe, avec un commentaire choisi, par Silv. de Sacy. *Paris*, 1821-22, 2 vol, in-fol. d.-v.

426. Les séances de Hariri, publiées en arabe, avec un commentaire choisi, par Silv. de Sacy. *Paris*, 1822, in-fol., bas., nombr. annotations mss.

427. Haririus latinus, sive Abu Mohammedis Alcasemi, etc., narrationes consessuum nomine celebratæ omnes et integræ, in latinum translatæ cum notis, studio C. R. S. Peiperi. *Cervimontii*, 1831 et 1832, 3 part. en 1 vol. in-4, d.-basane.

428. Ibn-Abdoun. Commentaire historique sur le poëme d'Ibn-

Abdoun, par Ibn-Badroun, publié avec notes et glossaire, **par** Dozy. *Leyde*, 1846, in-8, d.-bas.

4:9. Specimen e litteris orientalibus, exhibens diversorum scriptorum locos de regia Aphtasidarum familia et de Ibn-Abduno poëta; in publicam disceptationem proponit M. Hoogvliet. *Lugd. Bat.*, 1839, in-4, d.-bas.

430. Ebn Arabschah. Fructus imperatorum et Jocatio ingeniosorum, edid. G. G. Freytag. Part. I : préface, notes et texte arabe. *Bonnæ*, 1832, in-4, d.-bas.

431. Ibn-Doreidi Poëmation, cum scholiis arab. excerptis Chaluwiæ et Lachumæi. Cum latina versione et notis A. Haitsma. *Franequeræ*, 1773, in-4, br.

432. Ibn Doreid (Abu Bekr Muhammed ben el-Hasan) genealogisch-etymologisches Handbuch. Herausg. von F. Wüstenfeld. *Gœttingen*, 1854, in-8, d.-bas.

433. Ibn ol Faridh. Das Arabische Hohe Lied der Liebe, das ist Ibn ol Faridh's Taijet. Herausg. und uebersetzt von Hammer-Purgstall. *Wien*, 1854, gr. in-8, frontisp. en or et coul., encadr. dorés, rel. d.-bas.

434. Ibn Sad. Das Classsenbuch. Einleitende Untersuchungen ueber Authentie und Inhalt nach den handschr. Ueberresten, von O, Loth. *Leipzig*, 1869, in-8, d.-bas.

435. Ibn Zafer. Solwan ; or waters of comfort, translated into english by M. Amari. *London*, 1852, 2 vol. in-8, perc.

436. Weyers (H. E.) Specimen criticum exhibens locos Ibn Kacanis de Ibn Zeidouno. *Lugd. Bat.*, 1831, in-4, d.-bas.

437. Maverdii constitutiones politicæ, ex recensione M. Engeri, cum adnotationibus et glossario. *Bonnæ*, 1853, in-8, d.-rel., pl. lithogr.

438. Orientalia, par Juynboll, Roorda et Weigers. Vol. I. *Amstelodami*, 1840, in-8, br.

Hamaker. De pluralibus arabicis. — Juynboll. De carmine Motanabii. — Weijers. De codd. mss. orientalibus Bibliothecæ Leidensis, etc.

439. Proverbiorum arabicorum Meidanii pars, arabice et latine, cum notis H. A. Schultens. *Lugd. Bat.*,1795, in-4, cart.

440. Burckhardt (J. L.). Arabic proverbs, or the Manners and customs of the modern Egyptians, illustrated from their proverbial sayings current at Cairo, translated and explained. *London*, 1830, in-4, d.-toile.

441. Freytag (G. W.). Arabum proverbia. Trad. lat. et commentaire. *Bonnæ*, 1838-43, 3 t. en 4 vol. in-8, d.-bas., coins.

442. Rosenmüller (E. F. C.). Analecta arabica. Institutiones juris Mohammedani, etc. Zohairi carmen Al-Moallakah appelatum. Syria descripta ab El-Edrisio et Khalil ben-Schahin Dhaheri. *Lipsiæ*. 1825 à 1828, in-4, cart.

443. Sabbagh (Michel). La colombe messagère plus rapide que l'éclair, plus prompte que la nue. Texte arabe et trad., par Silv. de Sacy. *Paris*, 1805, in-8, d.-bas.

444. Selecta ex historia Halebi. Edid. latine vertit et annot. illustr. G. W. Freytag. *Luteliæ Par.*, 1819, in-8, cart.

445. Taalibii syntagma dictorum brevium et acutarum, arabice et latine, cum uotis J. P. Valeton. *Lugd. Bat.*, 1844, in-4, d.-rel.

446. Taraphæ Moallakah, cum scholiis Nahas. Edid. J. Reiske. *Lugd. Bat.*, 1742, in-4, d.-v.

447. Tarafæ Moallaca, cum Zuzenii scholiis arab. et latine, cura J. Vullers. *Bonnæ,* 1829, in-4, cart.

448. El-Tidjani. Touh'afat el-Arous, ou le Cadeau des époux, trois chapitres sur les femmes et le mariage, par le cheikh Mohammed ben-Ahmed el-Tidjani. *Paris* et *Alger*, 1848, in-8, br., lithogr.

449. Vignard (P.) et A. Martin. Choix de fables tirées de La Fontaine et écrites en arabe vulgaire. *Constantine*, 1854, in-8, d.-toile.

450. Zamakschari. Les colliers d'or, allocutions morales de Zamakhschari, texte arabe, trad. et commentaires, par C. Barbier de Meynard. *Paris*, 1876, in-8, d.-toile.

451. Les pensées de Zamakhschari, texte arabe, trad. et notes, par Barbier de Meynard. *Paris*, 1876, in-8, d.-rel.

LITTÉRATURE PERSANE

452. Anis el-Ochchâq, traité des termes figurés relatifs à la description de la beauté, par Cheref-Eddin Râmi, trad. du persan et annoté, par Cl. Huart. *Paris*, 1875, in-8, d.-toile.

453. The Dabistan, or School of manners, translated from the original Persian, with notes, etc., by D. Shea and A. Troyer. *Paris*, 1843, 3 vol, in-8, d.-toile.

454. Mahmud Schebisteri's Rosenflor des Geheimnisses. Texte persan, sur papier de couleur, et trad. allemande, par Hammer Purgstall. *Pestk* et *Leipzig*, 1838, in-4, br.. pl. lithogr.

455. Μαρχου Αντωνινου αυτοκρατορος των εις εαυτον Βιβλια ι β', περσιστι μεθερμηνευσαντος Ιωση Αμμερ. *Vienne*, 1831, in-8, br.

456. Le parterre de fleurs du cheikh Moslih-Eddin Sâdi de Chiraz, texte autographié, publié par N. Semelet. *Paris*, 1828, in-4, cart.

457. Gulistan, ou le parterre de fleurs du cheikh Moslih-Eddin Sadi de Chiraz. Traduct. française et notes, par N. Semelet. *Paris*, 1834, in-4, br.

458. Gulistan, ou le Parterre de roses, par Sadi, traduit en français, par C. Defrémery, *Paris*, 1858, in-12, d.-bas.

LITTÉRATURE TURQUE

459. Belletête. Contes turcs extraits du roman intitulé les Quarante vizirs. Texte turc. *Paris*, 1812, in-4, d.-bas.

460. Choix de fables, traduites en turc par un effendi de Constantinople, avec une version et un glossaire, par L. V. Letellier. *Paris*, 1826, in-8, d.-bas.

461. Hammer (J. von). Gül u Bülbül, das ist : Rose und Nachtigall von Fasli, Ein romantisches Gedicht. Texte turc encadré et trad. allemande. *Pest* et *Leipzig*, 1834, in-8, br. non coupé.

HISTOIRE DES PEUPLES MUSULMANS

462. The history of the Almohades, by Abdo'l Wahib Al-Marrekoshi. Arabic text edited by R. Dozy. *Leyden*, 1847, in-8, d.-bas.

463. Aboulfaradje. Historia compendiosa dynastiarum, authore Gregorio Abul-Pharajio, arabice edita, et latine versa, ab Edw. Pococke. *Oxoniæ*, 1663, 2 vol. in-4. d.-bas.

464. Abulfedæ annales Muslemici, arabice et latine, opera et studiis Jo. Jac. Reiskii. Edit. Adler. *Hafniæ*, 1789-94, 5 vol. in-4, v. (Rare).

465. Pocock (Edw.). Specimen historiæ Arabum; accessit historia veterum Arabum ex Abu'l Feda, cura A. J. Sylvestre de Sacy. *Oxonii*, 1806, in-4, portr., d.-rel. à coins, tr. dor.

466. Abulfedæ historia anteislamica, arabice. Texte, trad., et notes, par H. O. Fleischer. *Lipsiæ*, 1831, in-4, d.-v.

467. Abu'l-Mahasin Ibn Tagri Bardii Annales, edid. T. G. J. **Juynboll**. *Lugd. Bat.*, 1852-57, 3 tomes en 4 vol. in-8, d.-bas.

468. Abou Mohammed Salih. Historia dos soberanos mohametanos que reinarao na Mauritania, escripta em arabe por Abu-Mohammed Assaleh, e traduzida e annotada, por J. de Santo Antonio Moura. *Lisboa*, 1828, in-4, br., non coupé. (Rare.)

469. Annales regum Mauritaniæ, auctore Abu Mohammed Salih, arab. edidit, latine vertit et annotavit. C. J. Tornberg. Vol. I. Texte arabe. *Upsal*, 1843, in-4, cart. (annotations manuscrites).

470. Roudh El-Kartas. Histoire des souverains du Maghreb (Espagne et Maroc), et annales de la ville de Fez, trad. de l'arabe, par Beaumier. *Paris*, 1860, in-8, d.-rel.

471. Liber concinnitatis nominum, id est, Vitæ illustrium virorum, auctore Abu-Zacarja Jahja en Navavi. Arabice edidit, latine vertit, annotat. addidit H. F. Wüstenfeld. *Gottingæ*, 1832, in-4, cart.

472. Abu Zakariya Yahya el-Nawawi. The biographical dictionary of illustrious men, chiefly at the beginning of Islamism, edited by F. Wücstenfeld. *Gœttingen,* 1842-47, in-8, d.-bas.

473. Al-Moschtabih, auctore Ad-Dhahabi, e codd. ms. editus a Dr. P. de Jong. I, textus arabicus. *Leyde,* 1864, in-8, br.

474. Al Makkari. Analectes de l'histoire et de la littérature des Arabes d'Espagne, par Al-Makkari, publiés par MM. Dozy, Dugat, Krehl et Wright. *Leyde,* 1855 à 1859, 4 t. en 2 vol. in-4, d.-bas., plus 1 vol. in-4, d.-toile, conten. l'introduction, les tables et l'erratum.

475. Al Makkari. The history of the Mohammedan dynasties in Spain, by Ahmed Ibn-Mohammed al-Makkari.; translated into english by Pascual de Gayangos. *London,* 1840-1843, 2 vol. in-4, d.-v.

476. Dozy (R.). Lettre à M. Fleischer, contenant les remarques critiques et explicatives sur le texte d'Al-Makkari. *Leyde,*1871, in-8, d.-toile.

477. Amari (M.). Biblioteca arabo-sicula ossia raccolta di testi arabici che toccano la geografia, la storia, le biografie e la bibliografia della Sicilia. Texte arabe. *Lipsia,* 1857, in-8, d.-bas.

478. Amari (M.). I diplomi arabi del R. archivio fiorentino. Testo originale con la traduzione letterale e illustrazioni. *Firenze,* 1863, in-4, cart., pl. — Appendice. *Firenze,* 1867, in-4, cart.

479. Amari (M.). Nuovi ricordi arabici su la storia di Genova. *Genova,* 1873, in-8, br., pl. en coul. (texte et trad.).

480. Aschbach (Dr. J.). Geschichte Spaniens und Portugals zur Zeit der Herrschaft der Almoraviden und Almohaden. *Frankfürt,* 1833-37, 2 vol. in-8, cart.

481. Baber. Mémoires de Baber (Zahir-ed-din-Mohammed); trad. sur le texte djagataï, par A. Pavet de Courteille. *Paris,* 1871, 2 vol. in-8, d.-toile.

482. Bargès (l'abbé J. J. L.). Histoire des Beni-Zeiyan, rois de Tlemcen, traduite de l'arabe. *Paris*, 1852, in-12, br.

483. Bargès (J. J. L.). Tlemcen, topographie, histoire, monuments, anecdotes, légendes. *Paris*, 1859, in-8, br., pl. lithog. (Épuisé.)

484. Baude (le baron). L'Algérie. *Paris*, 1841, 2 vol. in-8, d.-bas., plan.

485. Burckhardt (J. L.). Notes on the Bedouins and Wahabys, collected during his travels in the East. *London*, 1831, 2 vol. in-8, d.-bas., carte.

486. Cardonne. Histoire de l'Afrique et de l'Espagne sous la domination des Arabes. composée sur différents ms. arabes. *Paris*, 1765, 3 vol. in-8. d.-v.

487. Caussin de Perceval (A. P.). Essai sur l'histoire des Arabes. *Paris*, 1847-48, 3 vol. in-8, cart. (Rare.)

488. Chénier (De). Recherches historiques sur les Maures et histoire de l'empire de Maroc. *Paris*, 1787, 3 vol. in-8, d. bas., carte.

489. Chérefnâmeh, ou Fastes de la nation kourde par Chéref-ou'ddine, trad. du persan et commentés par F. B. Charmoy. *Saint-Pétersbourg*, 1868, vol. I, in-8, d.-v. (852 pages).

490. Conde (Don J. Anton.). Geschichte der Herrschaft der Mauren iu Spanien; trad. K. Rutschmann. *Carlsruhe*, 1824-25, 3 vol. in-8, br.

491. Conde (J. A.). Historia de la dominacion de los Arabes en Espana. *Paris*, 1840, in-8, d.-bas., fig.

492. Cusa (S.). I diplomi greci ed arabi di Sicilia. Texte et trad. vol. I, part. I. *Palermo*, 1868, fort vol. in-4, br., non coupé.

493. Daumas (Général E.). La vie arabe et la société musulmane. *Paris*, 1869, in-8, d.-toile.

494. Defrémery. Histoire des Samanides, par Mirkhond ; texte persan, trad. et notes. *Paris*, 1845. — Histoire des Seldjoukides et des Ismaéliens, ou Assassins, de l'Iran. *Paris*, 1849.

— Histoire des sultans Ghourides, extraite du Rouzet Essefa, de Mirkhond. *Paris*, 1844. Rel. en 1 vol. in 8, d.-toile.

495. Defrémery. Mémoire sur les émirs Al-Oméra. *Paris*, 1848, in-4, d.-rel.

496. Defrémery (C.). Mémoires d'histoire orientale, suivis de mélanges de critique, de philologie et de géographie. *Paris*, 1854 et 1862, 2 part. en 1 vol in-8, d.-toile. (Rare.)

497. De Guignes. Histoire générale des Huns, des Turcs, des Mogols, etc. *Paris*, 1756-58, 4 vol. in-4, v.
   Manque à l'exemplaire, tome I, partie i.

498. Dozy (R. P. A.) Recherches sur l'histoire politique et littéraire de l'Espagne pendant le moye nâge. *Leyde*, 1849, vol. 1. in-8, d.-bas.

499. Dozy. (R.). Recherches sur l'histoire et la littérature de l'Espagne pendant le moyen âge. Seconde édition. *Leyde*, 1860, 2 vol. in-8, d.-bas.

500. Dozy (R.). Histoire des musulmans d'Espagne jusqu'à la conquête de l'Andalousie (711-1110). *Leyde*, 1861, 4 vol. in-8, d.-toile.

501. Dozy (Dr. R.). Die Israeliten zu Mekka von Davids Zeit bis in's Fünfte Jahrhundert unsrer Zeitrechnung. *Leipzig*, 1864, in-8, d.-rel., pl.

502. Dureau de la Malle. Recueil de renseiguements sur l'expédition ou l'établissement des Français dans la province de Constantine. *Paris*, 1837, in-8, d.-bas., carte.

503. Eichhorn (J. G.). Monumenta antiquissimæ historiæ Arabum, post Alb. Schultensium edita, cum latina versione. *Gothæ*, 1775, in-8, cart.

505. Elmasin. Historia saracenica qua res gestæ Muslimorum explicantur, a Georgio Elmacino, arabice et latine edidit Th. Erpenius. *Lugd. Bat.*, 1625, in-4, d.-rel.

506. Fournel (H.). Étude sur la conquête de l'Afrique par les

Arabes, et recherches sur les tribus berbères qui ont occupé
le Maghreb central. *Paris*, 1857, in-4, d.-toile.

507. Elfachri. Geschichte der islamischen Reiche von Anfang
bis zum Ende des Chalifates, von Ibn Etthiqthaqa, arabisch herausgegeben von W. Ahlwardt. *Gotha*, 1860, in-**8**,
d.-bas.

508. Gildemeister (J.). Scriptorum Arabum De rebus indicis
loci et opuscula inedita. *Bonnæ*, 1838, in-8, d.-bas. (Texte
et trad.).

509. Hadji-Kahlfa Kitab-Tohfet el-Kebar Kiatib Tchelebi. Histoire des guerres maritimes des Turcs dans la Méditerranée,
contre les Vénitiens et autres, par Hadji-Khalfa. *Constantinople*, 1141 (1728), in-4, avec cartes, d.-bas.

Volume rare. Cet ouvrage renferme de curieux détails sur les anciennes guerres
de l'empire ottoman avec les puissances maritimes de l'Occident.

510. Hammer (J. von). Die Laenderverwaltung unter dem Cha-
lifate. *Berlin*, 1835, in-8, d.-bas.

511. Hammer-Purgstall. Gemaldesaal der Lebensbeschreibun-
gen grosser moslimischer Herrscher der ersten sieben Jahr-
hunderte der Hidschret. *Leipzig*, 1837-38, 5 vol, in-8, d.
bas., fig.

512. Hammer-Purgstall. Geschichte der Ilchane das ist der
Mongolen in Persien. *Darmstadt*, 1842-43, **2** vol. in-8, br.
(Mouillures.)

513. Hammer (de). Histoire de l'empire ottoman, trad. par Do-
chez. *Paris*, 1844, 3 vol. gr. in-8. d.-bas.

514. Hammer-Purgstall. Literaturgeschichte der Araber. *Wien*,
1850-56, 7 forts vol. in-4, d.-bas.

Le tome VI manque.

515. Hamzæ Ispahanensis annalium libri X, edid. J. M. E. Gott-
waldt. Tome I. Texte arabe. *Petropoli*, 1844, in-12, d.-bas.

516. Historia Iemanæ, e codice arabico manuscripto concin-
nata, edidit C. Th. Johannsen. *Bonnæ*, 1828, in-8. d.-bas.

517. Historia Iemanæ sub Hasano-Pascha, edidit, annotavit et

indice geograph. illustr. A. Rutgers. *Lugd. Batav.*, 1838, in-4, cart.

518. Hoest (G.). Nachrichten von Marokos und Fes, in den Jahren 1760 bis 1768. *Kopenhagen* 1781, in-4, v., pl. gr.

519. Ibn Adhari. Histoire de l'Afrique et de l'Espagne intitulée Al-Bayano'l-Mogrib, par Ibn-Adhari (de Maroc), et fragments de la chronique d'Arib (de Cordoue), publiés, annotés, avec un glossaire par R. P. A. Dozy. *Leyde,* 1848 à 1851, 3 part. en 2 vol. in-8 d.-bas,

520. Ibn Arabschah. Ahmedis Arabsiadæ vitæ et rerum gestarum Timuri, qui vulgo Tamerlanes dicitur, historia, arabice. *Lugd. Bat.*, Elzévir, 1636, in-4, v.

521. Ahmedis Arabsiadæ Vitæ et rerum gestarum Timuri, qui vulgo Tamerlanus dicitur, Historia, latine vertit et annotavit S. H. Manger. *Leovardiæ*, 1767 et 1772, 2 vol. in-4, v.

522. Ibn Arabschah (Ahmed ben Mohammed). Histoire de Timour, texte arabe. *Calcutta*, 1818, gr. in-8, bas. 509 pages à 15 lignes.

Le catalogue de Sacy annonce pour cet ouvrage un errata de 7 pages et un avertissement de 3 pages, qui manquent à notre exemplaire.

523. Ibn Coteiba's Handbuch der Geschichte, arabisch herausgeg. von F. Wuestenfeld. *Gœttingen*, 1850, in-8, d.-bas.

524. Ibn-el-Athiri, Chronicon quod perfectissimum inscribitur edidit C. J. Tornberg. *Lugd. Bat*,1867-71, 13 vol. gr. in-8, d. bas.

Le vol. X, manque à notre collection.

525. Ibn-Alatyr. Extrait de la chronique intitulée Kamel-Altevarykh. Texte et traduction. In-fol., d.-mar. noir., notes mss et corrections. (Sans titre.)

526. Ibn Haukal viæ etregna. Descriptio ditionis Moslemicæ, arab. edidit J. de Goeje. *Lugd. Bat*, 1873, in-8, d. b.

527. Ibn Khaldoun. Les Prolégomènes, en arabe. *Boulak,* 1274 (1857), in-fol. rel. orient.

528. Itmami thab'i mougadde-mati Ibni Khaldoun. Les Prolégomènes d'Ibn Khaldoun, traduction turque corrigée, complé-
tée et collationnée avec les plus grands soins sur de nombreux
manuscrits arabes et turcs. On y a joint une biographie d'Ibn
Khaldoun. *Le Caire*, 1277 (1859), 2 vol. petit in-fol., demi-
mar. rouge.

529. Prolégomènes d'Ibn Khaldoun. Texte arabe, publié par
Quatremère. *Paris,* 1858, 3 vol. in-4, d.-bas,

530. Prolégomènes historiques d'Ibn Khaldoun traduits en
français par Mac Guckin de Slane. *Paris*, 1863-68, 3 vol.
in-4, d.-rel. ou cart.

Forme trois volumes des *Notices et Extraits.*

531. Les prolégomènes d'Ibn Khaldoun, traduits en français et
commentés par M. de Slane. *Paris,* 1863-68, 3 vol in-4,
d.-mar. bleu.

532. — Les mêmes. vol. I (seul). *Paris*, 1863, in-4, d.-v. bleu,
tr. dor.

533. Slane (Mac Guckin de). Autobiographie d'Ibn Khaldoun,
traduite de l'arabe. *Paris,* 1844, in-8, d.-bas.

534. Arri (l'abbé). Storia degli Arabi e di alcuni celebri popoli
loro contemporanei. Extrait d'Ibn Khaldoun; texte et traduction. *S. l. n. d.* exempl. en ff. dans un carton in-4.

Feuilles de l'histoire antéislamique d'Ibn-Khaldoun, ouvrage imprimé aux frais du
roi de Sardaigne mais dont l'impression a été arrêtée par la mort du savant éditeur,
l'abbé Arri, de qui M. de Slane tenait ces feuilles.

535. Histoire de l'Afrique sous la dynastie des Aghlabites, et
de la Sicile sous la domination musulmane ; texte arabe d'Ibn
Khaldoun, avec trad. et notes par Noël des Vergers. *Paris*;
1841, in-8, d.-bas.

536. Histoire des Berbers et des dynasties musulmanes de l'A-
frique septentrionale, par Ibn Khaldoun. Texte arabe publié par M. de Slane. *Alger*, 1847-51, 2 vol. in-fol., d.-bas.
(Annotations et corrections de la main de M. de Slane.)

537. Histoire des Berbères et des dynasties musulmanes de

l'Afrique septentrionale, par Ibn Khaldoun, trad. par M. G. de Slane. *Alger*, 1852 à 1856, 4 vol. in-8, d.-bas.

538. Ibn Khallikan. Tydeman (B. F.). Specimen philologicum exhibens conspectum operis Ibn Chalicani de Vitis illustrium virorum. *Lugd. Bat.*, 1809, in-4, d.-v. (Exempl. enrichi de nombreuses additions manuscrites.)

539. Ibn Challikani vitæ illustrium virorum e pluribus codd. mss. primum edidit, variis lectionibus indicibusque instruxit Ferd. Wüstenfeld. *Gottingæ*, 1835-42. 11 fascicules in-4, br. — Additamenta et variæ lectiones. 2 fasc.in-4, br. Ens. 13 fasc.

Exemplaire de travail, fatigué et incomplet du fasc. 3 et d'une partie du fasc. 5 ; de plus, quelques feuillets manquent. — Notes manuscrites.

540. Wüstenfeld (F.). Ueber die Quellen des Werkes Ibn Challicani vitæ illustrium virorum. *Gottingen*, 1837, in-12, br. (Arabe et allemand.)

541. Pijnappel (J.). Specimen literarium inaugurale, continens vitas ex lexico biographico Ibn-Callicanis, etc. *Amstelodami*, 1845, in-4, cart.

542. Ibn Khallikan. Vies des hommes illustres de l'islamisme, texte arabe, publié par Mac Guckin de Slane. Tome I (seul publié). *Paris*, 1842, in-4, d.-mar, vert, à coins, tr. sup. dor.

543. — Le même ouvrage. In-4, broché.

544. — Le même, interfolié et annoté. 3 livr. in-4.

545. Ibn Khallikan's biographical dictionary, translated from the Arabic by Mac Guckin de Slane. *Paris*, 1842 à 1871, 4 vol. in-4, d.-v.

546. — Le même ouvrage. Vol. III et IV, in-4, rel. et br.

547. — Le même ouvrage. Vol. III, 1re partie, et IV, 1re partie.

548. Juynboll (Th. G. J.). Commentarii in historiam gentis Samaritanæ. *Lugd. Bat.*, 1846, in-4, cart.

549. Mahmoud-Bey. Mémoire sur l'antique Alexandrie, ses fau-

bourgs et environs, découverts par les fouilles, sondages, etc. *Copenhague,* 1872, in-8, d.-chagr. noir, cartes en coul.

550. Lane (Edw. Wm.). An account of the manners and customs of the modern Egyptians. *London*, 1836, 2 vol. in-8, perc., nombr. fig.

551. Maçoudi, les Prairies d'or; texte et trad. par Barbier de Meynard et Pavet de Courteille. *Paris*, 1861 à 1877, 9 vol. in-8, tomes I à VII, rel. d.-v., VIII, IX, broch.

552. Mariette-Bey. Aperçu de l'histoire d'Egypte depuis les temps les plus reculés jusqu'à la conquête musulmane. Texte arabe par Abd Allah Abou Sououd. *Boulak*, 1271, in-8, d.-v.

553. Mariette-Bey (Aug.). Aperçu de l'histoire d'Egypte jusqu'à la conquête musulmane. Texte arabe. *Alexandrie*, 1864, in-8, br.

554. Makrizi. Histoire des sultans Mamlouks de l'Egypte, trad. de l'arabe, par Quatremère. *Paris,* 1837-45, 4 parties en 2 vol. in-4, rel. différemment, d.-bas.

555. Marlès (de). Histoire de la domination des Arabes et des Maures en Espagne et en Portugal, depuis leur invasion jusqu'à leur expulsion. *Paris*, 1825, 3 vol. in-8, d.-bas.

556, Mirchond's Geschichte der Seldschuken, persisch und deutsch, von J. A. Vullers. *Giessen*, 1838, 2 vol. in-8, d.-bas.

557. Müller (M. J.). Beitraege zur Geschichte der westlichen Araber. Texte, *München*, 1866-78, 2 vol. in-8, br.

558. Ohsson (d'). Tableau général de l'empire othoman. *Paris*, 1788-1824, 7 tomes en 8 vol. in-8, bas., pl. gr. (Rare.)

559. Ohsson (d'). Histoire des Mongols depuis Tchinguiz-Khan jusqu'à Tamerlan. *La Haye* et *Amsterdam*, 1834 et 1835, 4 vol. in-8, v., carte.

560. — Le même ouvrage, deuxième édition. *Amsterdam,* 1852, 4 vol. in-8, d.-bas.

561. Olivier (G.). Recherches sur l'origine des Berbères. *Bone,* 1868, in-8, br.

562. Price (D.). Chronological retrospect of Mahommedan history from the death of the Arabian legislator to the ascension of Emperor Akbar, etc. *London*, 1821, 3 tomes en 4 vol. in-4, d.-toile.

563. Rasmussen (J. L.). Historia præcipuorum Arabum regnorum rerumque ab iis gestarum ante Islamismum. *Hauniæ*, 1817, in-4, cart. (Texte arabe et trad.). — Additamenta ad historiam Arabum. *Hauniæ*, 1821, in-4, cart.

564. Reinaud. Invasions des Sarrazins en France et de France en Savoie, Piémont et Suisse. *Paris*, 1836, in-8, d.-bas.

565. Reinaud. Mémoire sur le commencement et la fin du royaume de la Mésène et de la Kharacène. *Paris*, 1861, in-8, br.

566. Roth (W.). ᶜOqba Ibn Nafi'el-Fihri, der Eroberer Nordafricas. Ein Beitrag zur Geschichte der arabischen Historiographie. *Gottingen*, 1859. — Jones (J. H.). Ibn Abd-el-Hakem's history of the conquest of Spain. Texte et trad. *Goettingen*, 1858. 2 tom. en 1 vol., in-8, d.-toile

567. Sacy (Sylvestre de). Mémoires d'histoire et de littérature orientales. *Paris*, 1818 et 1832, 2 vol. in-4, d.-bas.

568. Saint-Priest (comte de). Mémoires sur l'ambassade de France en Turquie et sur le commerce des Français dans le Levant. *Paris*, 1877, in-8, br.

569. Schultens (A.). Historia imperii vetustissimi Joctanidarum in Arabia felice, ex Abulfeda, Hamza, Nuweirio, Taberita, Mesondio. — Monumenta vetustiora Arabiæ, etc. *Harderovici Gelrorum*, 1786, in-4, d.-v.

570. Scriptorum arabum loci de Abbadidis, nunc primum editi a R. P. A. Dozy. *Lugd. Bat.*, 1846-1863, 3 tomes en 2 vol. in-4, d.-bas.

571. Stüwe (Fr.). Die Handelszüge der Araber unter den Abbassiden durch Afrika, Asien und Osteuropa. *Berlin*, 1836, in-8, br., grande carte gr.

572. Taberistanensis, id est Abu Dschaferi Mohammed ben

Dscherir Ettaberi. Annales regum atque legatorum Dei, arabice et latine edid. J. G. L. Kosegarten. *Gryphisvaldiæ*, 1831-1838, 2 vol. in-4, cart.

573. Tabari (Abou-Djafar-Mohammed). Chronique, traduite sur la version persane par Louis Dubeux. Tome 1. *Paris*, 1836, in-4, br. (Tout ce qui a paru.)

574. Chronique de Tabari, trad. sur la version persane par H. Zotenberg. *Paris*, 1867-74, 4 vol. in-8, d.-toile.

575. Wüstenfeld (F.). Liber classium virorum qui Korani et traditionum cognitione excelluerunt, auctore Abu-Abdalla-Dahabio. *Gœttingœ*, 1833-34, 3 parties.— Specimen El-Lobabi, sive genealogiarum Arabum quas conscriptas ab Abu sa'd Sam'anense abbreviavit Ibn El-Athir. *Gœttingœ*, 1835, lithogr. en 1 vol. in-4, d.-rel.

576. Wuestenfeld F. Vergleichungs-Tabellen der muhammedanischen und christlichen Zeitrechnung *Leipzig*, 1854, in-4, cart.

577. Wüstenfeld (F.). Die Chroniken der Stadt Mekka, arab. text. *Leipzig*, 1857-59, 3 vol. in-8, d.-bas.

HISTOIRE DES CROISADES

578. Corpus scriptorum historiæ Byzantinæ. 4 vol. in-8, d.-rel. — Merobaudes et Corippus. *Bonn*, 1836. — Procopius. 3 vol. *Bonn*, 1833-38.

579. Chronicles of the Crusades, being contemporary narratives of the Crusade of Richard Cœur de Lion by R. of Devizes and G. de Vinsauf, and of the Crusade of Saint Louis by lord J. de Joinville. *London*, 1848, in-8, pl. en or et coul., perc.

580. Ibn Khalduni Narratio de expeditionibus Francorum in terras islamismo subjectas, edidit et latine vertit C. J. Tornberg. *Upsaliæ*, 1840, in-4, d.-rel.

581. Gesta Dei per Francos, sive orientalium expeditionum et regni Francorum hierosolimitani historia; orientalis histo-

riæ tomi duo. *Hanoviæ*, 1611, 2 vol. in-fol., v., fil., pl. gr.

Le second volume a pour titre : *Liber secretorum fidelium crucis super Terræ Sanctæ recuperatione et conservatione*, etc.

582. Mills (Ch.). History of the Crusades for the recovery and possession of the Holy land. *London*, 1822, 2 vol. in-8, cart., . fig.

583. Michaud. Histoire des croisades. Edition de Huillard Bréholles, augmentée d'un appendice. *Paris*, 1862, 4 vol. in-8, d.-mar. rouge.

584. Recueil des historiens des croisades, publ. par l'Académie des inscriptions et belles-lettres. Documents arméniens, t. I par M. E. Dulaurier. *Paris*, 1869, in-fol., d.-bas.

585. Recueil des historiens des croisades : historiens orientaux. *Paris*, 1872-76, 2 vol. in-fol., d.-chagr. noir.

586. Livre (le) des deux jardins, concernant l'histoire des deux règnes de Nour-Eddin et de Sallah-Eddin. Texte et trad. *Paris*, 1876, in-fol., d.-chagr. noir. (Épreuves et bonnes feuilles du volume jusqu'à la page 120, et la suite en épreuves avec corrections.)

587. Historiens des croisades. Slane (de). Annales d'Abou-l-féda. — Appendice. — Extrait de la chronique d'Abou'l-féda. *Paris*, 1872, 3 part. in-folio. d.-chagr. noir. (La dernière en épreuves, portant les corrections mss. Les deux premières en épreuves et bonnes feuilles avec des corrections.)

588. Collection des documents inédits de l'histoire de France : — Familles d'outre-mer de du Cange, par E. G. Rey. 1869. — Monuments de l'architecture militaire des croisés en Syrie et à Chypre, par le même, 1871. — Rapports au ministre. 1874. *Paris*, 3 vol. in-4, cart. ou br.

589. Reinaud. Extraits des historiens arabes relatifs aux guerres des croisades. Nouvelle édit. *Paris*, 1829, in-8, bas.

590. Wailly (Natalis de). Histoire de la conquête de Constantinople, par G. de Villehardouin, continuée par Henri de Valenciennes. *Paris*, 1870, in-12, d.-bas. — Notice sur six

manuscrits de la Bibliothèque contenant le texte de Villehardouin. *Paris*, 1872, in-4, br.

591. Wailly (Natalis de). La conquête de Constantinople de
Geoffroi de Villehardouin. Eclaircissements. *Paris*, 1874,
in-4, d.-maroq. vert., fig. et pl. en or et coul.

592. Schultens (A.). Vita et res gestæ sultani Saladini, auctore
Bohadino F. Sjeddadi, necnon excerpta ex Historia universali
Abulfedæ, etc. *Lugd. Bat.*, 1732, in-fol., veau, exempl. fati-
gué, nombreuses annotations mss. Le dos est fendu.

593. Marin. Histoire de Saladin, sulthan d'Égypte et de Syrie.
Paris, 1758, 2 vol. in-12, v., pl. gr.

594. Mas Latrie (L. de). Traités de paix et de commerce et documents divers, concernant les relations des chrétiens avec
les Arabes de l'Afrique septentrionale au moyen âge. [*Paris*,
1868, in-4., br.

595. Sauvaire (H.). Histoire de Jérusalem et d'Hébron, trad. de
l'arabe. *Paris*, 1876, in-8, d.-toile.

GÉOGRAPHIE

GÉOGRAPHIES ARABES ET PERSANS

596. Abd Allatif. Relation de l'Égypte par Abd-Allatif, méde-
cin arabe de Bagdad, publiée et traduite par S. de Sacy. *Paris*, 1810, in-4. d.-v.

597. Abulfedæ tabula Syriæ cum excerpto geographico ex Ibn
el Wardii geographia et historia naturali, arab. edidit, latine
vertit et annotavit J. B. Kœhler. *Lipsiæ*, 1766, in-4, d.-bas.

598. Abulfedæ tabulæ quædam geographicæ, edidit Rinck.
Lipsiæ, 1791. — White (J.). Abdollatiphi compendium me-
morabilium Ægypti, arabice. *Tubingæ*, 1789. — Eichhorn
(I. G.). Abulfedæ Africa, arabice. *Gottingæ*, 1791. Rel. en
1 vol. in-8, v.

599. Géographie d'Aboulféda. Texte arabe, publié par MM. Rei-

naud et Mac Guckin de Slane. *Paris*, 1840, in-4, d.-mar. rouge, coins, tr. sup. dor.

600. Géographie d'Aboulféda. Texte arabe, publié par MM. Reinaud et de Slane. *Paris*. 1840, in-4, d.-bas.

601. — Le même ouvrage; texte arabe, br.

602. — Le même ouvrage. Traduction française par Reinaud, 2 part. en 1 volume. *Paris*, 1848, in-4, d.-bas.

603. Al Beladsori. Liber expugnationis regionum, arab. edidit M. J. de Goeje. *Lugd. Bat.*, 1866, in-4, d.-mar. viol.

604. Al-Jaqubi. — Juynboll (A. W. T.). Specimen e litteris orientalibus exhibens Kitabo'l-Boldan, sive librum regionum, auctore Al-Jaqubii, arabice. *Lugd. Bat.*, 1861. — De Goeje (J.). Descriptio Al-Magribi, sumta ex libro regionum Al-Jaqubii; texte, trad. et notes. *Lugd. Bat.*, 1860; rel. en 1 vol. in-8, d.-toile.

605. Az-zamaksarii lexicon geographicum, edidit M. S. de Grave. *Lugd. Bat.*, 1856, in-8, d.-bas.

606. Edrisi. Géographie universelle. *Romœ, in typ. Medicea*, 1592, in-4, d.-vél., 164 ff. n. chiffrés. (Rare.)

607. Sionita et Hesronita. Geographia Nubiensis, id est accuratissima totius orbis in septem climata divisi descriptio, recens ex arabico in latinum versa. *Parisiis*, 1619, in-4, v., fil., écussons.

608. Edrisii Africa, cura J. M. Hartmann. Seconde édition. *Gottingœ*, 1796, in-8, d.-bas.

609. Géographie d'Edrisi, trad. française et notes par Am. Jaubert. *Paris*, 1836 et 1840, 2 vol. in-4, d.-bas.

610. Description de l'Afrique et de l'Espagne par Edrisi. Texte arabe, trad., notes et glossaire par Dozy et de Gœje. *Leyde*, 1866, in-8, d.-toile.

611. El Bekri. Description de l'Afrique septentrionale par Abou-Obeid-el-Bekri. Texte arabe publié par M. de Slane. *Alger*, 1857, in-8, d.-bas.

612. Description de l'Afrique septentrionale par El-Bekri. Texte et trad. par le baron M. Guckin de Slane. *Paris*, 1859, 2 vol. in-8. d.-bas.

613. Zakarija ben Muhammed ben Mahmud el-Cazwini's Kosmographie, arabisch herausg. von F. Wüestenfeld. *Gœttingen*, 1848 et 1849, 2 tom. en 1 vol. in-8, d.-mar. vert, coins.

614. El Istachri. Liber climatum, auctore Abu ishae el-faresi, vulgo El-Issthachri, edidit J. H. Mœller. *Gothæ*, 1839, texte reprod. en fac-sim. avec cartes en coul., etc., in-4, cart.

615. El Tounsy. Voyage au Dârfour, ou l'aiguisement de l'esprit par le voyage au Soudan et parmi les Arabes du centre de l'Afrique, par Mohammed Ibn-Omar El-Tounsy. Texte autographié publié par Perron. *Paris*, 1850, in-4, br.

616. Ibn Batoutah. Viagens extensas e dilatadas do celebre Arabe Abu-Abdallah mais conhecido pelo nome de Ben-Batuta, traduzidas por J. de Santo Antonio Moura. Tome I. *Lisboa*, 1840, pet. in-4, br.

617. Voyages d'Ibn Batoutah, texte arabe et traduction, publié par Defrémery et Sanguinetti. *Paris*, 1853 à 1858, 4 vol. in-8, d.-mar. bleu.

618. The travels of Ibn Jubair, Arabic text, edited by W. Wright. *Leyden*, 1852, in-8, d.-bas. (Épuisé.)

619. Juynboll (F. G. J.). Lexicon geographicum, e duobus codicibus ms. nunc primùm arabice editum. *Lugd. Bat.*, 1852-54, 3 vol. in-8, d.-mar. br., coins, tr. sup. dor.

620. Kremer (A. de). Description de l'Afrique par un géographe arabe anonyme du vie siècle de l'Hégire. Texte arabe. *Vienne*, 1852. — Augustin (F. von). Marokko. *Pesth*, 1845. — Munby (G.). Flore de l'Algérie. *Paris*, 1847 ; rel. en 1 vol. in-8, d.-toile, pl. gr.

621. Makrizi. Description de l'Égypte. Texte arabe. *Boulaq*, 1 vol. gr. in-4, d.-cuir de Russie, tr. dor.

622. Riza Qouly Khan. Relation de l'ambassade au Kharezm

(Khiva) de Riza Qouly Khan. Texte persan publié par Ch. Schefer. *Paris*, 1876, in-8, br.

623. Barbier de Meynard. Dictionnaire géographique, historique et littéraire de la Perse et des contrées adjacentes, extrait du *Modjem El-Bouldan* de Yaqout, et complété à l'aide de documents arabes et persans pour la plupart inédits.

GÉOGRAPHES ET VOYAGEURS EUROPÉENS

624. Breton. L'Égypte et la Syrie. *Paris, Nepveu*, 1814, 6 vol. in-18, mar. bleu dent., tr. dor., nombr. fig. col.

625. Cooley (W. D.). The Negroland of the Arabs examined and explained; or an inquiry into the early history and geography of central Africa. *London*, .841, in-8, carte, perc.

626. Costa de Macedo (J. J. da). Memoria em que se pertende provar que os Arabes nao conhecerao as Canarias antes dos Portugueses. *Lisboa,* 1844, in-4, br.

627. Graberg di Hemsœ (Jac.). Specchio geografico e statistico dell' imperio Marocco. *Genova*, 1834, in-8, pl. et carte gr., d.-bas. (Rare.)

628. Gramaye (J. B.). Africa illustrata. *S. l. n. d.*, in-4, v.

629. La Roque. Voyage de l'Arabie heureuse, par l'Océan oriental et la mer Rouge, fait de 1708 à 1710, etc. *Amsterdam*, 1716, in-12, v., pl. gr.

630. Le Bruyn (Corneille). Voyage au Levant, Asie Mineure, Chio, Rhodes, Chypre, Égypte, Syrie et Terre sainte. *Rouen,* 1725, 5 vol. in-4, nomb. pl. gr., v., écussons.

631. Joannis Leonis Africani Africæ descriptio. *Lugd. Bat.*, 1632, 2 vol. in-18, Elzévir, parch.

632. Mannert (K.). Geographie von Arabien, Palæstina, Phœnicien, Syrien, Cypern. *Leipzig*, 1831, in-8, d.-v., carte gr.

633. Mannert. Géographie ancienne des États barbaresques, trad. de l'allemand par L. Marcus et Duesberg. *Paris*, 1842, in-8, d.-bas.

634. Perrin (N.). La Perse, ou histoire, mœurs et coutumes des habitants de ce royaume. *Paris, Nepveu,* 1823, 7 vol. in-18, v. rac., tr. dor., nombr. fig. col.

635. Peysonnel et Desfontaines. Voyages dans les régences de Tunis et d'Alger ; publ. par M. Dureau de la Malle. *Paris,* 1838, 2 vol. in-8, d.-b., pl. lith., carte.

636. Quatremère (Et.). Mémoires géographiques et historiques sur l'Égypte et sur quelques contrées voisines. *Paris,* 1811, 2 vol. in-8, bas.

637. Reinaud. Relation des voyages faits par les Arabes et les Persans dans l'Inde et à la Chine. Texte, traduction et notes. *Paris,* 1845, 2 vol. in-18, d.-mar. rouge.

638. Reinaud. Extrait d'un mémoire historique sur l'Inde, antérieurement au xi⁰ siècle. *Paris,* 1845. — Fragments arabes et persans sur l'Inde. *Paris,* 1845, in-8, d.-bas., 2 tom. en 1 vol.

639. Russel (Alex.). The natural history of Aleppo, with a description of the city, etc. Seconde édit. *London,* 1794, 2 vol. in-4, nombr. pl. gr., v.

640. Shaw. Voyages dans plusieurs provinces de la Barbarie et du Levant : Alger, Tunis, la Syrie, l'Égypte et l'Arabie Pétrée. Trad. de l'anglais. *La Haye,* 1743, 2 tomes en 1 vol. in-4, d.-bas., nombr. pl. et cartes gr.

641. Shaw (Th.). Travels, or observations relating to several parts of Barbary and the Levant. Seconde édit. *London,* 1757, in-4, d.-v., pl. gr.

642. Sprenger (A.). Die Post-und Reiserouten des Orients. Part. I. *Leipzig,* 1864, in-8, d.-toile, 16 pl. en coul.

643. Vallé (Pietro della), gentilhomme romain. Voyages dans la Turquie, l'Égypte, la Palestine, la Perse, les Indes, etc. *Rouen,* 1745, 8 vol. in-8, v.

644. Lot de cartes géographiques montées sur toile et pliées en étui : — Afrique, Asie, Empire ottoman, Palestine, Tripoli,

Tunisie, province d'Oran, de Constantine, 2 Algérie, Maroc, Méditerranée. Ensemble, 12 belles cartes gr.

645. Atlas factice composé de 13 cartes et plans relatifs à la Syrie, la Turquie d'Asie, la Perse, etc. In-fol. d.-toile.

646. Atlas factice composé de dix-sept cartes géographiques et plans de villes d'Algérie. In-fol. cart.

NUMISMATIQUE ET ARCHÉOLOGIE MUSULMANES

647. Tychsen (O. G.). Introductio in rem nummariam Muhammedanorum. *Rostochii*, 1794, in-12, v., 6 pl.

648. Sacy (Sylvestre de). Traité des monnaies musulmanes, trad. de l'arabe de Makrizi. *Paris*, 1797, in-8, d.-bas.

649. Fraehn (C. M.). Antiquitatis muhammedanæ monumenta varia. *Petropoli*, 1820. — De origine vocabuli Rossici ΔЕНВΓN. *Casani*, — De numorum Bulgharicorum forte antiquissimo libri duo. *Casani*, 1816, pl. gr. Rel. en 1 vol. in-4, d.-b.

650. Arri (J. A.). Novæ observationes in quosdam numos Abbasidarum aliosque cuficos, etc. *Augustæ Taurinorum*, 1835, in-4, br., pl. gr.

651. Lavoix (H.). Monnaies à légendes arabes frappées en Syrie par les croisés. *Paris*, 1877, in-8, br., fig.

652. Reinaud. Monuments arabes, persans et turcs du cabinet du duc de Blacas et autres. *Paris*, 1828, 2 vol. in-8, cart., pl.

653. Girault de Prangey. Essai sur l'architecture des Arabes et des Mores, en Espagne, en Sicile et en Barbarie. *Paris*, 1841, in-4, pl. lith., d.-bas.

654. Berbrugger (A.). Notice sur les antiquités romaines d'Alger. *Alger*, 1845. — Feuilleret (H.). Cervantès à Alger. Histoire de sa captivité. In-4, d.-toile, pl. lithogr.

655. Brosselard (C.). Mémoire épigraphique et historique sur les tombeaux des émirs Beni-Zeiyan et de Boabdil. *Paris*, 1876, in-8, br.

OUVRAGES DE BIBLIOGRAPHIE ORIENTALE

656. Haji Khalfa. Lexicon bibliographicum et encyclopædicum edidit, latine vertit et commentario indicibusque instruxit Gustavus Fluegel. *Leipzig* et *London*, 1835-58, 7 forts vol. in-4, d.-bas. et d.-toile.

657. Casiri (M.). Bibliotheca arabico-hispana Escurialensis. *Matriti*, 1760 et 1770, 2 vol. in-fol., d.-v.

658. Hamaker (H. A.). Specimen catalogi codicum mss. orientalium bibliothecæ Academiæ Lugduno-Batavæ. *Lugd. Bat.*, 1820, in-4, cart.

659. Uri (J.). Bibliothecæ Bodleianæ codicum manuscriptorum orientalium catalogus. *Oxonii*, 1787 et 1835, 2 vol. in-fol., d.-v., plats toile.

660. Catalogus librorum manuscriptorum in bibliotheca senatoria civitatis Lipsiensis, et codices orientalium linguarum. *Grimæ*, 1838, in-4, d.-bas., pl. gr. et lith.

661. Hammer-Purgstall's Handschriften (arabische, persische, türkische), als Seitenstück zu dem im 5ten Bande seiner Geschichte des Osman. Reichs gelieferten Verzeichnisse der Sammlung 200 oriental. Manuscripte ueber Osman. Geschichte. *Wien*, 1840, in-8, d.-bas. (Rare.)

662. Zenker (J. Th.). Bibliotheca orientalis. Manuel de bibliographie orientale. I. *Leipzig*, 1846, in-8, d.-bas.

663. Dozy (R. P. A.). Notices sur quelques manuscrits arabes. *Leyde*, 1847-1851, in-8, d.-bas., fac-simile.

664. Dozy (R. P. A.). Catalogus codicum orientalium bibliothecæ Academicæ Lugduno-Batavæ. *Lugd. Bat.*, 1851-1854, 3 vol. in-8, d.-mar. rouge.

665. Sprenger (A.). A catalogue of the Arabic, Persian and Hindustani mss. of the library of the King of Oudh. Vol. I : Persian and Hindustani Poetry. *Calcutta*, 1854, in-8, br., non coupé.

666. A catalogue of the Bibliotheca orientalis Sprengeriana. *Giessen*, 1857, in-8, d.-toile.

667. Catalogus codicum mss. Orientalium qui in Museo Britannico asservantur. Pars II : Codices arabici ; avec le supplément. *Londini*, 1846-71, 3 vol. in-fol. cart.

668. Gildemeister (Joannes). Catalogus librorum manuscriptorum orientalium in Bibliotheca academica Bonnensi servatorum. *Bonnæ*, 1864-1876, in-4, br.

669. Catalogue of the Arabic manuscripts in the library of the India Office, by Otto Loth. *London*, 1877, in-4, perc.

670. Collections scientifiques de l'Institut des langues orientales du ministère des affaires étrangères : I, manuscrits arabes, par le baron von Rosen. *Saint-Pétersbourg*, 1877, in-8, br.

671. Catalogue des manuscrits hébreux et samaritains de la Bibliothèque impériale. *Paris*, 1866, in-4, d.-toile.

672. Catalogue des manuscrits syriaques et sabéens (mandaïtes) de la Bibliothèque nationale. *Paris*, 1874, in-4, br.

673. Catalogue des manuscrits éthiopiens (Gheez et Amharique) de la Bibliothèque nationale, par M. Zotenberg. *Paris*, 1877, in-4, br., non coupé.

MANUSCRITS

ARABES, TURCS ET PERSANS

674. Le Qoran. Beau manuscrit d'environ 700 feuillets, en grande écriture, encadrés de filets rouges. 1 vol. in-folio, relié en veau bleu, fers à froid, tr. dor.

Manuscrit exécuté à Brousse au commencement de ce siècle.

675. Commentaire sur le Coran. Manuscrit d'une écriture régulière et bien lisible. In-8, d.-v., de 292 feuillets.

Une note de M. de Slane : « Bought at London, july 1829. — Author unknown »

676. Les Psaumes de David, traduits en arabe. Manuscrit exécuté en Syrie, in-12, parch.

677. Le Qamous ou Océan, le célèbre dictionnaire arabe de Fi-
rouz-Abbadi. Manuscrit très-soigné, d'environ 1.000 feuillets,
2 vol. in-4, d.-rel., tr. dorées.
Manuscrit ancien. — Quelques feuillets ajoutés d'une écriture européenne.

678. Le Qamous, grand dictionnaire arabe. Manuscrit de
496 feuillets d'une écriture compacte. In-4, reliure orientale.
Les mots expliqués sont écrits à l'encre rouge.

679. Tarîk temyîz et-Tollâb fi çinâ'at el-i'râb, par Khaled ben
Abd Allah Azhori, commentaire sur l'Alfiyyah d'Ibn Malek.
Beau mss. arabe maghrebin de l'an 1143 de l'Hégire, d'en-
viron 250 feuillets. (Hadji Khalfa donne le titre *Temrin et-
Tollâb*. t. I. p. 412.)

680. Ibn Ferhat. Grammaire arabe. Manuscrit rouge et noir
en bonne écriture syrienne, in-4, reliure orientale.
Manuscrit daté de 1146 (A. H.)

681. Grammaire arabe, en arabe. Petit manuscrit en encre
rouge et noire, in-18, d.-bas., tr. dor.

682. Hariri. Molhat el-irâb. Ouvrage grammatical, manuscrit,
in-4, d. v.
Annotations marginales.

683. Djemheret el arab wa tohfat el Adab. Ouvrage grammatical et lexicographique donnant l'explication de vers célèbres. Manuscrit arabe. In-4, veau.

684. Dourrat el Ghawas. La perle du plongeur, par Hariri.
Manuscrit sur papier européen, 259 pages, in-4, d.-rel.

685. Prolégomènes en cinq chapitres sur la division et le but
des diverses sciences selon le système arabe.
Mss. arabe de 17 pages, jolie écriture, sans titre: il est tout moderne.

686. Proverbia quaedam quae collegit Abul Fadl Ahmed Ebn
Mohammed Ebn Ahmed ebu Ibrahim Almeidani Nisabunensis

edictis Deo accepti Ali ben Ali Talebi. Annotationes et observationes C. van Waenen. 2 vol. in-4, cart. de plus de 600 pages d'une bonne écriture. (Inédit.)

687. Alif Leila. Fragments des Mille et une Nuits. 4 vol. in- , cart.

Histoire de Kamar al Zaman et de son esclave, etc.

688. Kalila et Dimna, Recueil célèbre de contes en arabe. Manuscrit égyptien, in-4, reliure orientale.

689. Les 41 fables de Lokman. Manuscrit arabe en écriture égyptienne, in-4, cart.

690. Contes et traditions, en arabe. Petit manuscrit in-12, d. v. Sans date.

Écriture africaine.

691. Ahmedis Arabsiadæ vitæ et rerum gestarum Timuri historiæ. Manuscrit arabe de 224 feuillets, in-4, cart.

Sur le titre, la signature : E. Scheidius, 1769.

692. Extrait d'En-Noweiri, fragment relatif au Maghreb. Copié sur un manuscrit de Leyde. In-4, cart.

693. Recueil de poésies turques et arabes. Petit manuscrit in-8, br.

694. Humayoun Nameh ; traduction turque des fables de Bidpay. Beau manuscrit turc, in folio, rel. orient.

Le dernier feuillet est incomplet et raccommodé.

695. Les contes et plaisanteries de Nasr Eddin Hodja, en turc. Manuscrit de 48 feuillets, in-4, cart.

Copie exécutée au Caire en 1207.

696. Le Gulistan de Saadi. Joli manuscrit persan. In-12, reliure orientale.

Le texte, écrit sur papier jaune, en caractères ta'liq, est encadré de filets d'or et entouré d'une large marge blanche.

697. Dictionnaire géographique de l'Algérie, par M. le baron Mac Guckin de Slane. Manuscrit de 118 feuillets, in-folio, relié.

Ce manuscrit, écrit avec soin et mis tout entier au net, est disposé sur quatre colonnes.

Dans la première, le mot expliqué (souvent avec sa transcription arabe); dans la seconde, le département; dans la troisième, l'arrondissement ou le district; dans la quatrième, l'explication. Par exemple :

Aïn Abboud.	C.	Constantine.	Source.
Chou-ba	O.	Mostaganem.	Fontaine du pays des Ouled-Chafa.
Baghaï.	C.	Aïn-Beïda.	Ksar, situé sur la route d'Aïn-Beïda à Khinchela; on y voit es restes d'un fort romain.
Ouad-Ziad.	C.	Constantine.	Rivière qui prend sa source dans le pays de Taïret et se jette dans le Rommel, au-dessous du pont d'Aumale.
Teraride.	O.	Taret.	Deux pics et un ravin dans le pays des Harar.

JOURNAUX ET RECUEILS

698. Herbelot (d'). Bibliothèque orientale. *Maëstricht*, 1776, in-fol., cart. — Supplément. 1780, in-fol., cart.

699. Mélanges. Recueil de mémoires et opuscules, de MM. Quatremère, Nicholson, Schmœlders, de Slane, d'Avezac, Worms, Vincent, Freytag, Schultz, Amari, Cherbonneau, Arri, Reinaud, Juynboll, de Longpérier, de Saulcy, Hammer-Purgstall, Defrémery, Rieu, relatifs aux pays musulmans et à la langue arabe. 7 vol. in-8, cart., pl. gr., fig., contenant plus de 140 mémoires.

700. Académie des inscriptions et belles-lettres. Comptes rendus. Collection comprenant d'août 1862 à mars 1878. *Paris*, 67 livraisons In-8, br.

701. Archives des missions scientifiques et littéraires. 2ᵉ *série* : t. V : 3ᵉ livr.; t. VI, t. VII, 1ʳᵉ, 2ᵉ et 3ᵉ livr.; — 3ᵉ *série* : t. I, 1ʳᵉ, 2ᵉ et 3ᵉ livr.; t. II, 1ʳᵉ et 2ᵉ livr.; t. III, 1ʳᵉ, 2ᵉ livr.; t. IV, 2ᵉ et 3ᵉ livr. *Paris*, 1869-77, 14 livraisons in-8, br.

702. Journal asiatique : année 1877, complète ; 1878, janv., févr., mars. *Paris*, 8 livraisons in-8, br.

703. Journal of the Royal Asiatic Society of Great Britain and Ireland. Vol. VII, p. 2 ; vol. IX, p. 1 et 2, Annual report. 1875, *London*, 1875-76-77. 4 vol. in-8, br.

704. Revue africaine, publiée à Alger. Collection complète depuis le n° 1 (octobre 1856) jusqu'au n° 127 (janv. 1878), moins les numéros 17,18, 26, 27, 29 à 32, 35, 36, 42, 44 à 50, 52 à 57, 60 à 62, 65 à 69, 71, 73, 75, 77, 82 à 85, 113, 125, 126,

705. Sitzungsberichte der philosophisch-philologischen und historischen Classe der k. b. Academie der Wissenschaften zu München : 1871, 6 livr. (complet); 1872, 5 livr. (id.); 1873, 5 livr. (id.); 1876, livr. 3, 4 et 5; 1877, livr. 1, 2 et 3; almanach 1871. Ensemble 23 livraisons, in-8, br., fig.

706. Zeitschrift der Deutschen morgenlaendischen Gesellschaft, herausgegeben von den Geschaeftsführern. Collection comprenant depuis 1848 (Band. II, 1 et 2 Heft) jusqu'à 1878 (XXXII B. 2. H) en livraisons in-8, br., fig., pl. Manquent les livraisons : II, B, 3 ; X, 3-4 ; XI, 1 ; XIII, 1-2 ; XXVI, 1-2 ; XXX, 3 ; XXXI, 2, 3, 4.

OUVRAGES EN LOTS

707. Ouvrages en lots. Environ 500 volumes, classiques des éditions Hachette, Garnier, Charpentier; bonnes éditions des poëtes anglais, ouvrages de mathématiques, etc., seront vendus sous ce numéro.

708. Lot de volumes et brochures relatifs à l'archéologie, la numismatique, la linguistique, etc., environ 800 pièces.

TABLE DES MATIÈRES

DEUXIÈME PARTIE

MONDE MUSULMAN

ARABES, PERSANS, TURCS

1288. — Paris, Imp. Laloux fils et Guillot. 7, rue des Canettes.

ERNEST LEROUX, ÉDITEUR
28, RUE BONAPARTE, 28

BIBLIOTHECA SINICA
DICTIONNAIRE BIBLIOGRAPHIQUE
DES OUVRAGES RELATIFS
A L'EMPIRE CHINOIS
PAR HENRI CORDIER
TOME PREMIER. — FASCICULE I

Prix de la souscription à l'ouvrage complet. . . . . . . 50 fr.

La Bibliotheca Sinica, *imprimée avec soin, sur 2 colonnes, comprend environ 50 feuilles grand in 8 jésus. Elle forme la Bibliographie de la Chine la plus complète qui ait jamais été publiée, et peut être considérée comme le complément indispensable du* Manuel de Brunet, *pour tout ce qui concerne l'Extrême Orient.*

Le Fascicule II paraîtra dans quelques jours.

BIBLIOGRAPHIE DE LA PERSE
PAR MOÏSE SCHWAB
De la Bibliothèque nationale

Un volume in-8. . . . . 5 fr.

CET OUVRAGE A ÉTÉ COURONNÉ PAR L'INSTITUT

BIBLIOTHECA CAUCASICA et TRANSCAUCASICA
ESSAI DE BIBLIOGRAPHIE SYSTÉMATIQUE
RELATIVE
AU CAUCASE, A LA TRANSCAUCASIE
ET AUX POPULATIONS DE CES CONTRÉES
Par M. MIANSAROF
TOME PREMIER. — SECTIONS 1 ET 2

Un beau volume in-8, de XLII et 804 pages. . . . . 40 fr.

1288 Paris. Imp. LALOUX fils et GUILLOT, 7, rue des Canettes.

9 782329 693750